给小树戴花

QINDELONG WORK

秦德龙 著

与文学名家对话·中国当代获奖作家作品联展

高长梅 王培静 ◎ 主编

花山文艺出版社

图书在版编目(CIP)数据

给小树戴花 / 秦德龙著. – 石家庄：花山文艺出版社，2013.7(2021.6 重印)

（与文学名家对话:中国当代获奖作家作品联展 / 高长梅, 王培静主编）

ISBN 978-7-5511-1275-8

Ⅰ.①给… Ⅱ.①秦… Ⅲ.①小小说－小说集－中国－当代 Ⅳ.①I247.8

中国版本图书馆 CIP 数据核字(2013)第 150658 号

丛 书 名	：与文学名家对话:中国当代获奖作家作品联展
主 编	：高长梅　王培静
书 名	：**给小树戴花**
作 者	：秦德龙
策 划	：张采鑫
责任编辑	：卢水淹
责任校对	：齐　欣
特约编辑	：李文生
全案设计	：北京九洲鼎图书有限公司
出版发行	：花山文艺出版社(邮政编码:050061)
	（河北省石家庄市友谊北大街 330 号）
销售热线	：0311-88643221
传　　真	：0311-88643234
印　　刷	：永清县晔盛亚胶印有限公司
经　　销	：新华书店
开　　本	：710×1000　1/16
字　　数	：160 千字
印　　张	：12
版　　次	：2013 年 8 月第 1 版
	2021 年 6 月第 2 次印刷
书　　号	：ISBN 978-7-5511-1275-8
定　　价	：39.90 元

（版权所有　翻印必究·印装有误　负责调换）

目录 CONTENTS

第一辑
一棵树向我走来

人类是不能飞的 / 002
站起来的孩子 / 004
儿子的虚构 / 007
放大镜 / 009
流浪儿 / 011
整理舌头 / 014
同桌的你 / 015
弱智证明 / 017
卖眼泪 / 019
娘要跳楼 / 022
少女的烦恼 / 025
角色 / 027
美国孩儿 / 029
奇志班 / 032
班主任 / 034
小数点 / 037
挨打 / 039
身边有个冠军 / 042
轮椅之路 / 044
父亲曾烧毁了他写的日记 / 047

目 录 CONTENTS

双胞胎 / 049
常回家看看 / 052
找生日 / 054
裁缝的目光 / 056
睡馆的人 / 058
阳光一隅 / 061
盲人世界 / 063
盲人的目光 / 066
非盲人 / 069
唱歌的门卫 / 071
大刀刮脸 / 074
博客里的对话 / 076
雨中的事情 / 079
一棵树向我走来 / 081
永远的苹果 / 082
傻瓜时代的隐忧 / 084
与飞机合影 / 087
手里的工具 / 089
球艺 / 091
写毛笔字的人 / 093

目录 CONTENTS

第二辑
给小树戴花

太阳会跑 / 098
给小树戴花 / 099
吹散的哭泣 / 100
寻找"敬礼的孩子" / 103
对面的女孩 / 105
迎客松 / 107
树根下的花朵 / 109
路边的刺 / 111
百善孝为先 / 112
想给父亲打电话 / 114
父辈 / 116
穿越大山 / 118
非典时期的火车票 / 120
消逝的电报 / 123
戴手表 / 125
理发的往事 / 127
上街孩儿 / 129
我抄词典 / 131
回乡的路 / 133

目录 CONTENTS

第三辑 吾家儿子

吾家儿子 / 138
租赁爸爸 / 151
汶川，我去过那个地方 / 153
哥哥的名字 / 156
聋子放炮 / 159
雄鸡图 / 161
假故事 / 164
留胡子的村庄 / 166
慢火车 / 169
寄错情书 / 171
神情 / 173
前方有棵树 / 175
给一棵树照相 / 177
快乐的螺丝钉 / 179

第一辑

一棵树向我走来

人类是不能飞的

记得很早的时候,他给儿子讲过一则童话。童话里的那些人物,全都插着翅膀,在天上飞来飞去。儿子眨着亮晶晶的小眼睛,对自己面临的世界产生了极大的惊奇。其实,许多家长都这么做过,在孩子尚小的时候,用童话来启迪年幼的心灵。

儿子居然相信了那则童话。儿子用稚嫩的手笔,画了一生中第一幅图画:一个插着翅膀的孩子,在海洋的上空飞舞。儿子画得是那么生动,他情不自禁地拥抱了儿子。

但是他明白,儿子还小,现在还不能告诉儿子,人类是不能飞的。

儿子时常把小伙伴们引到家中来玩。有一次,孩子们画了许多图画,拿给他看。孩子们画出来的物体,全都长着带羽毛的翅膀,想怎么飞就怎么飞。画面上,不但有飞翔的人类,还有飞翔的禽兽、飞翔的太阳、飞翔的月亮……

他很想告诉孩子们,人类是不能飞的,除了自然界那些带翅膀的动物,其他动物都不能飞。但他知道,如果对孩子们说出真相,那就是一件很残酷的事儿。他更知道,孩子们正在长身体、长智慧,决不能让孩子们折断想象的翅膀。

于是,他笑了笑,什么都没说。

他悄悄地注视着儿子的目光。儿子把一切都视作了带翅膀的精灵,用画笔画出最新最美的图画。在儿子的笔下,人人都在展翅飞翔,想到哪里去就到哪里去，想干什么就干什么，人类真是无所不能。

儿子的班会，他也去了。小学生的班会，竟是孩子们举办的一次画展。画面上色彩缤纷，万象繁荣。他与同来的那些家长，全都抑制不住兴奋，对着画面指点评说。他将全部画作审视了一遍，发现了一个共同的特点：这就是孩子们画出的人类，全都踩着彩云在天空中飞翔。

无疑，画展是成功的。孩子们需要鼓励，需要展开想象的翅膀，飞翔到任何可能到达的疆域。

面对孩子们，他真的很想说出真相，人类是不能飞的。但他最终还是没有说出这句话来。也许，什么都不需要说。孩子们正在一天天长大，将来进入社会，什么都会明白。这才是科学精神。科学精神的真谛就是——不在孩子们还相信童话的年龄，就告诉他们一切。

他默默无语地注视着孩子们，一丝一毫都不想扼杀孩子们的想象力。

对自己的儿子，他总有一种担心：这小家伙，会滑到什么地方去呢？会不会不可救药呢？会不会成长为一个带翅膀的傻家伙呢？

他的担心是没有必要的。不知从哪一天开始，儿子已经不作画了。儿子把自己对这个世界的认知，把自己的许多想法，深深地埋进了自己的心里。

儿子的那些同学，也早就不作画了。他们和儿子一样，悄悄地成长着。

十八岁的时候，儿子和同学们一道，举行了成人礼。

他静静地观察着儿子，会有哪些变化。儿子的青春期，他还暗暗地做过记录呢，比如，什么时候长出了毛茸茸的胡须，什么时候变成了公鸭般的嗓子……

他已经注意到了，儿子扔掉了画笔，不再画那些飞翔的人类，不再画那些长翅膀的精灵。

有一天，他问儿子："好久，没见你画画了，你怎么不画那些飞人了？"

儿子给他了一个无语的笑容。儿子笑得唇红齿白。

儿子长大了。真的，儿子真的长大了，儿子不再像小孩子似的，随手涂鸦了。不用儿子作出回答，他已经明白了一切。

他知道，自己期望的结果出现了。儿子已经不相信童话了，已经不再问自

己是从哪里来的，也不需要谁来回答到哪里去。千奇百怪的问题，儿子已经从书本上找到了答案，在社会的课堂上找到了答案。

若干年后，儿子结婚成了家，也有了自己的儿子。

当了爷爷的他，看见儿子正在教孙子作画。孙子用稚嫩的小手，画出了一群长翅膀的人类。

|站起来的孩子|

小香草站起来了。七岁的儿童小香草经历地震截肢康复后，终于站起来了。电视台的台长，看到编辑送审的画面，激动之中，闪现灵感。他决定，抓住这个题材，好好挖挖，把小香草打造成为一颗耀眼的电视童星。

当然，这事得和小香草的父母做好沟通。汶川大地震中，七岁的小香草在废墟中埋了四十多个小时。为了保住生命，她不得不做了截肢手术。一个七岁的小女孩，经受这样残酷的磨难，父母一定伤感至极。好在，手术后她站了起来。既然站了起来，就要勇敢地面对镜头，从电视里走进千家万户。

台长亲自找到了小香草的父母，畅谈了自己的构思。

显然，小香草的父母尚未从伤痛中完全解脱出来。截肢手术虽然成功了，小香草虽然能站起来了，但她毕竟年龄还小啊。以后，她该如何面对漫漫的人生之旅呢？听了台长的话，小香草的父母，很是茫然。一个残疾的孩子，该不该成为灾难的童星？他们拿不准，真的拿不准。

台长说："请你们放心好了，我们一定会将孩子打造成一流的电视童星。成为电视童星，家喻户晓，就是走上了成才之路。今后的生活，绝对衣食无忧了。上学、就业的路子都铺好了，一路绿灯！"

小香草的父母没有答话，他们不知道台长的话，靠不靠谱。小香草的命运已经很苦了，他们怜爱女儿，怎么舍得让女儿做那种不靠谱的事情呢？

台长又说："请相信电视台吧。只要我们好好地包装她，没有做不到的事情。媒体的力量是强大的，电视台的力量更强大！"

小香草的父母还是不答话。他们真的不知道这件事情靠不靠谱。

台长挠着头皮说："人生有许多机遇，从小就有机遇，就看能不能抓住了。亲历大地震，虽然是场灾难，但更是人生的宝贵财富。"

"财富？我们宁可不要这样的财富！"小香草的父亲说。

"我们只要平安，平安才是幸福！"小香草的母亲说。

"对不起，我的表达可能不够准确。但我的意思很明白，成为电视童星后，小香草的生活会更好一些！"接下来，台长侃侃而谈，开始了举例说明。他开出了一长串名单，都是一些身残志坚、享誉中外的公众人物。台长着重说明，这些身残志不残的人，如果没有媒体的帮助，是不会走那么远的，也不会在社会上闪闪发光。台长还补充说，有的伤残人，给企业当形象代言人，在电视上做广告，收入相当可观，不但自己出了名，家里人也跟着过上了小康生活。

听到这里，小香草的父母点了点头。也许台长说得有道理。如果，小香草通过电视台获得更大的帮助，有什么不好呢？

于是，台长带人来到了小香草的病房，预备做深度采访了。采访的提纲已经列好了，一是让小香草回忆地震前的欢乐场面，二是让小香草讲述埋在废墟下的苦难感受，三是让小香草表达获救后的感恩之情，四是让小香草表述今后将怎样读书和生活，五是请小香草谈谈将来要考上哪所大学，六是要小香草回答成年后打算干什么职业，七是要小香草描绘如何报答社会……当然，这些话题都属于成人语境，要在家长的配合下，完成儿童语境的转换，让小香草听得懂、答得出、说得美。采访提纲还有其他细节，例如，小香草接受采访的时候，要面带笑容，要作出天真烂漫的神态。

可是，小香草的互动性却很差，一看见电视台的摄像机，竟哇哇地哭了起

来。别说回答问题了，就是止住哭声都难。怎么办呢？记者提出了偷拍。用偷拍的手法，再辅以配音，也可达到预期效果。台长听了这个建议，决定采纳，记者当即换上了微型摄像机，准备偷拍。

就在这时候，小香草的爷爷到病房来了。看见爷爷来了，小香草停住了哭泣，破涕为笑了。

台长走上前去，握住了爷爷的手，畅谈了把小香草打造为电视童星的专题策划。

爷爷凝着眉头说："台长，谢谢您的好意！不过，我还是请求您，不要做什么专题策划了，也不要将我的孙女打造成什么童星！因为，我孙女经不得二次伤害。请原谅我的直率。我们是大地震的幸存者，别在我们的伤口上撒盐了……"爷爷说着说着，眼圈儿红了起来。

"老人家，我们是为了小香草好……"台长辩解道。

"如果，你们是为了我孙女好，请给她一片安宁吧。恕我直言，如果，你们将我孙女打造成为一颗闪闪发光的童星，恐怕她一辈子只能坐到轮椅上了。那样的话，所谓童星的光环，就会使她成为寄生虫！"

台长表示不解。爷爷这么说，周围的人，都表示不解。

爷爷叹了口气，挽起了自己的裤管，一条假腿，呈现在众人的面前。

爷爷语调沉重地说："看到了吧！那年，保卫边疆，地雷炸飞了我一条腿。现在，我能走能跑，不是活得很好吗？而我的一个战友，也被炸丢了一条腿，可是他却坐着轮椅，到处做报告，成了众所周知的电视明星。结果呢，他再也没有站起来！"

儿子的虚构

晚上，儿子伏在台灯下，写一篇作文。他想看看，儿子写了些啥。儿子捂住本子，不叫他看。他笑笑说：怎么，不想和爸爸交朋友了？

儿子也笑了。儿子只好把作文拿给他看。儿子说：看过以后，可不要生气哦，更不要打我。

他知道了，儿子写的，一定和他有关。他拿过来儿子的作文，果然是写他的：《我的爸爸》。嘿，这小子！他饶有兴趣地读了起来：

"我有一个平静的家，可是最近却起了波澜。爸爸、妈妈老是吵架，因为，爸爸和李香香扯上了关系。"

妈的，这小子！他的心一沉，拨拉一下儿子的脑袋。他继续往下读儿子的作文，读着读着，表情越发僵硬了。他不知道自己是怎么在儿子面前露出马脚的，也许，夜里和妻子吵架的声音，让儿子听到了？可是，儿子是怎样知道李香香的呢？连老婆都不知道那个女人的名字呀。儿子才七岁呀，他怎么会写出这样的作文！

儿子盯着他，小心谨慎地说：爸爸，你不要生气呀，我是虚构的，您不是说过嘛，写作文，可以虚构！

他瞄着儿子的眼睛说：是呀，可以虚构，你虚构得和真的一样。

儿子笑了起来：爸爸，真的有个李香香吗？

他不置可否，不知该怎样回答儿子。他深深地吁了口气。

儿子还在笑：爸爸，李香香长得很好看吧？

他咧了咧嘴：好看，而且，很有气质。

儿子睁大了眼睛：什么叫气质？

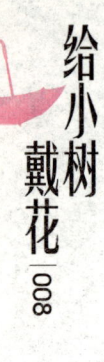

他没有回答儿子。他不知道该怎样将谈话进行下去。儿子这么小，啥事都懂了，不过几百个字，就将他和李香香之间的故事，写得八九不离十。

爸爸，我是虚构的。儿子盯着他，再次强调了虚构。

儿子，你可以当作家了，虚构得挺像回事嘛。

爸爸，你能给我讲讲李香香的故事吗？这样，我的作文会写得更好！

儿子，你不是说爸爸和李香香扯上了关系吗？是的，是扯上了关系。你可以沿着这个思路写下去，写爸爸妈妈怎样离婚，然后，写妈妈回乡下老家了，写爸爸带你去杭州找李香香了。

爸爸，你真诚实，这些，我已经虚构了。不过，那是另一篇作文：《爸爸领我去杭州》。

他嘿嘿地笑了起来。

儿子说：爸爸，我现在就写第二篇作文。

他点上一支香烟，又点上一支香烟，看着儿子写作文。到第五支香烟吸完的时候，儿子的第二篇作文写好了。

儿子的第二篇作文，比第一篇还精彩。儿子虚构了坐飞机去杭州，到了杭州住高楼，住上高楼养个狗，和狗成了好朋友。儿子还虚构了妈妈回到乡下的新生活，不愁吃穿，天天打麻将。因为李香香给了妈妈好多钱。

读完儿子的第二篇作文，他的脸已经很绿很绿了。

儿子扬着笑脸问他：爸爸，我虚构得怎么样？

他逼视着儿子：亏你想得出来！说着，他从衣兜里摸出两张飞往杭州的飞机票，还有很厚的一笔钱，在儿子面前晃了晃。儿子，你瞧，这都是李香香给的，我马上就给她退回去。

你和妈妈是不是要去扯绿本本了？

你是怎么知道的？！他几乎叫了起来。

儿子笑道：虚构的呗。扯没扯绿本，我都无所谓的，无所谓，真的。我和妈妈去乡下，还是和你去杭州，都无所谓的。

儿子，别这样了，不要再虚构了！他雷霆般地吼了起来。

儿子像只小猫伏在了他的怀里。儿子还在笑：爸爸，你夜里睡觉的时候，我看过你的手机短信息了。

看着儿子那张猫虎脸，他的脖颈冒出了一丝凉气。他搂着儿子说：你写的两篇作文，我拿给李香香看，好吗？

放 大 镜

童童很喜欢放大镜，喜欢得不得了。自打从爷爷那里拿来放大镜后，童童就爱不释手了。每天，童童沉浸在放大后的"微型世界"里，乐不可支。

放大镜，真是妙不可言。

放大镜，真是不可思议。

童童拿着放大镜，照遍了家里所有的东西。"不得了，真是不得了！"每照一样东西，他都要开心地大笑。

"这孩子，真是大惊小怪！"爸爸说。

"是的，这孩子，就是少见多怪！"妈妈说。

童童的视野开始扩大，他开始关注家里的那些角落了。童童用放大镜把家里的那些角落照了一遍，很严肃地对妈妈说："灰尘这么脏，为什么不清理干净呢？"

"这孩子，真是煞有介事。"妈妈笑着，还是找来了钟点工，将家里的卫生搞了一遍。

童童使用放大镜的范围不断地延伸。吃饭之前，他用放大镜照了照碗和筷子。照过之后，童童郑重其事地说："爸爸，赶紧用酒精消毒！"

"这孩子，干嘛跟真的一样？"爸爸嘴里嘟哝着，打开一瓶白酒，用棉球

蘸着酒，把碗和筷子擦了一遍。

几乎每天，童童都要用放大镜，找出家里的问题，让爸爸妈妈立即整改。

刚开始，爸爸妈妈还愿意照办。可渐渐地，他们失去了耐心。他们一看见童童拿放大镜出来，就心烦。真的，家里有这么个高举放大镜的宝贝，让人不得安生。这孩子，别是有了洁癖吧？

于是，爸爸妈妈把童童拉过来，给他讲道理，讲洁癖的坏处，讲谁都不可能一尘不染。还给他讲某些细菌的益处。比如，做大酱，就离不开细菌发酵。还有，蒸馒头、烤面包，都需要有细菌发酵。

童童睁着迷惘的眼睛，听不懂。

听不懂，不要紧。爸爸有了一个主意，这就是转移他的兴趣，把童童的兴趣转移到小动物的身上。爸爸捉来了一只小麻雀，剪掉了翅膀，使麻雀不再会飞。然后，爸爸让童童观察麻雀的羽毛、眼睛和双腿。

童童用放大镜仔细地观赏了麻雀的每一片羽毛和皮肤。童童发现，麻雀是很脏的。于是，童童打好了开水，要给麻雀洗澡。结果可想而知，麻雀被烫死了。

童童伤心地哭了一场，把麻雀埋在了一棵树下。

童童不再对任何小动物感兴趣。爸爸弄回来的小鸡、小鸭、小蚂蚱、小虫子，他都不感兴趣。童童只对用放大镜照人感兴趣。他时常凑到爸爸妈妈的身边，用放大镜观看他们的头发、鼻子、耳朵、嘴唇，乃至他们裸露在外的皮肤、汗毛。从头到脚，包括手指甲和脚趾甲，他都要用放大镜过滤一遍。每次观察，童童都会有新的发现，总少不了要大叫一声："不得了，真是不得了！"有一次，他很认真地告诫爸爸妈妈："你们的嘴唇有细菌，可千万不要接吻啊！"

爸爸妈妈被搞得面红耳赤。

爸爸妈妈想，应该带童童去看心理医生。

于是，童童被带去看心理医生。

在心理医生面前，童童表现欠佳。童童居然掏出放大镜，把心理医生上上下下扫描了一遍。

心理医生红着脸说："这孩子，确实有心理疾病啊。小小的年纪，怎么偏偏喜欢用放大镜看人？将来，长大了，很可能就是一个喜欢鸡蛋里面挑骨头的人！这还得了吗？到了社会上，这种人，是吃不开的！哪家公司的老板，哪个单位的领导，会喜欢这样一个用放大镜照人的家伙呢？"

"那可怎么办啊？"爸爸妈妈异口同声，忧心忡忡。

心理医生说："当然，办法还是有的，心病还需心药医嘛。"心理医生说着，摸出一架望远镜说："让孩子看看这个吧，八倍的军事望远镜！如果孩子喜欢，给孩子买一个！"

果然，童童对望远镜很喜欢，试看了几眼后，搂在怀里就不撒手了。

爸爸妈妈牵着童童回家了。童童把望远镜挂在胸前，像个军事观察员。

没过多久，住在对面楼房的人家，找上门来了，指责童童犯有窥视癖。说他用望远镜观察人家，侵犯了人家的隐私。人家要求童童的爸爸妈妈，作为孩子的监护人，必须赔偿人家的精神损失费。

流 浪 儿

我是在去民功路买菜时认识这孩子的。正是夏天，这孩子留着光头，啃着别人丢掉的西瓜皮。我看着他可怜，买了四分之一个西瓜给他吃，他吃完了，瓜皮也把脸给洗干净了。

以后，我又在秋天里给他买过苹果吃。

也在冬天里给他买过热包子吃。

一年四季，他总是穿着那一身灰老鼠皮似的旧衣服，在民功路一带流浪。

他才六七岁的样子，真可怜。

"叔叔！"他总是很有礼貌地称呼我。每次我给他买东西吃，他的眼里都滚着泪珠。

当然，我有自己的家庭，我有一个很不错的妻子和一个很乖的女儿。实际上，我也动过恻隐之心，想收留街头那个流浪儿。我甚至在心里给那个孩子取好名字了，就管他叫小秃吧。但是我没有去做这件事，我知道要做成这件事相当麻烦，也许会带来无穷无尽的难堪。

最近我特别忙。就在我忙得完全忘记了小秃的时候，领导派我到北京去开会。

来到火车站，我居然看见了小秃。小秃也看见了我。他大步流星向我跑来，要帮我拎行李。我们像老熟人似的互相微笑。我掏出两个橘子塞给他，急忙去买火车票。

买了车票，我无意中回头望了一眼，发现小秃寸步不离地跟着我呢。我去买报纸，他悄悄地跟在我的身后。我进了候车室，他也跟着进来了。我真不知道他想干什么，我对他说："和叔叔再见吧！"可他却抓起衣角，紧紧地咬在嘴里不说话。

我故意装作不想搭理他。

开始检票了。我刚刚通过检票口，竟发现小秃像个猴子一样，从检票员鼻子底下窜到了站台上。

进了卧铺车厢，我放好行李，然后坐在下铺位置上，向窗外张望。我想小秃此时一定是在站台的某一个角落里为我送行呢。我轻轻地舒了口气。小秃这孩子挺好，真不知道他爹娘为什么要遗弃他？

车轮嘎吱嘎吱地起动了。我不再想小秃，我开始想着北京的会议，一遍一遍地在肚子里温习发言稿。

就在列车飞渡黄河的时候，小秃突然从我的铺下钻了出来。

我大吃一惊，真不知道他是怎样混上车的，又是怎样潜伏到我的铺下的。

"小朋友，这是开往北京的火车，你要去哪里呀？"我极力控制着自己，问一些连自己都很明白的傻话。

小秃不吭声，使劲吸了吸快要流到嘴边的鼻涕。

"你家在哪里呀？你爸爸妈妈呢？"

小秃仍然不吭声，而且一点儿要离开我的意思都没有。

这怎么行？我不能把一个小盲流带到北京啊。我到部里开会，带着一个流浪儿算怎么回事？

就在这时候，列车员开始查票了。小秃顿时慌了起来，脸色苍白，本能地向我这边靠了过来。

我立即闻到了一股浓烈的汗酸味儿，差点儿呕吐起来。

"这是谁的孩子？"列车员在问。

小秃向我投来求援的目光。

我把一副冷面孔朝向了窗外。

小秃被列车员拎走了，满车厢都能听见列车员粗鲁的声腔。

傍晚，列车到达北京。我步出温暖如春的空调车厢，冷风号叫着扑面而来，我打了好几个哆嗦。我想起了小秃，这孩子，现在在哪儿呢？

我在北京熬过了几天会期。我的情绪很低落，会上会下，脑海里总是晃动着小秃的影子，我觉得我真不该那样对待一个可怜的孩子。

小秃现在怎么样了呢？

就在我从北京回来的那天晚上，我在省电视台的"都市聚焦"里看见了小秃。

我紧紧地盯着屏幕，听小秃诉说他被父母遗弃的经过。

我的泪水止都止不住。

小秃说，他和哥哥都在我们这个城市流浪，隔几天就往铁路上跑，偷旅客的钱。他哥哥跑陇海线，他跑京广线。

小秃对记者说："我没有爸爸，也没有妈妈，我有一个好心的叔叔，他到北京出差去了。"

看到这里，我再也控制不住自己了。我急切地拨打着电视台的观众热线。热线却总是"嘟嘟嘟嘟"的忙音。

整理舌头

老童想给小童整理整理舌头，整成一个大长舌头。

老童认为，儿子小童的舌头太短，所以讲出来的英语发音不准。如果把小童的舌头整长了，小童就能说一口地道的英语了，就能排排场场地出国留洋了。

为了打造长舌头，老童带着小童，来到了口腔医院，要求医生给儿子开刀，做舌头整形手术。医生认真地检查了小童的舌头，让小童把舌头伸出来，一遍一遍地伸出来。小童眼泪汪汪地伸着舌头，不知道医生将用什么手段拉长他的舌头。

医生看过了小童的舌头，告诉老童，孩子的舌头吞吐自如，且能超过双唇，是一个很不错的舌头，无须做任何整形手术。

老童不甘心地说：您能不能想想办法，给孩子的舌头拉长一点点？

医生说：你这人真怪，好好的孩子，非要拔苗助长！

医生断然否决了老童的要求。医生是讲究人道主义的，决不会对一个正常的舌头生拉硬扯，更不会随便向孩子动刀。

老童扯着小童，走了一家医院，又一家医院，没有一家医院肯为小童的舌头开刀。老童钻了牛角尖，决定自己土法上马，亲自指导小童，拉长舌头。

每天，老童都要小童做伸舌头训练。他让小童把舌头伸出来，一圈儿一圈儿舔嘴唇，舔得小童嘴唇裂口子。小童嚷道：爸爸，我会不会变成三瓣嘴儿的兔子啊？

老童安慰儿子：儿啊，要想人前显贵，须得人后受罪！你再坚持坚持，奇迹一定会发生的！老童又讲了一些古人"头悬梁，锥刺骨"之类的故事，鼓励小童把伸舌头进行到底。

小童每天对着镜子练习伸舌头，脸色成了青土豆。终于有一天，老童用尺子量过小童的舌头后，激动地宣布：舌头增长了两毫米！

老童很疼爱儿子，说儿子这些天受苦了，要给儿子放一天假，当天不用练习伸舌头了。儿子高兴地说：爸爸，我不但舌头变长了，我的个头也长高了！

老童一听，心里忽然一动。他明白了，儿子的舌头变长了，那是因为儿子的个头长高了，身体总量增长了！

老童承认土法上马失败了。说实话，这段时间，老童这个陪练，也够辛苦的，牺牲了多少乐趣！想到这里，老童很慈祥地告诉儿子，不用再练习伸舌头了，顺其自然吧。

可是，儿子却不想中断练习。小童很认真地说：爸爸，刚刚取得了阶段性成果，我不想前功尽弃！古人云：只要功夫深，铁杵磨成针！我一定会变成真正的长舌头！

这样也好，劳其筋骨，苦其心智，天降大任于斯人也！老童满意地点了点头。

同桌的你

上中学时，我最喜欢做眼保健操了。因为这时候我可以欣赏刘小宇。

刘小宇站在讲台上，数着口令，领我们做眼保健操。她经常穿一件绿毛衣，毛衣前面有两个毛线编织的彩球，在胸前荡来荡去。准确讲，我就是喜欢看她胸前的这两个彩球。做眼保健操的时候，大家都闭着眼睛，只有我在光天化日之下，一眨不眨地盯着刘小宇发呆。

我想，如果我是一个女孩子，家里是没有条件给我织这么好看的毛衣的。

幸好，我是个男孩子，不需要穿好看的毛衣。真的，那时候，我从里到外都是一只丑小鸭。

当然了，到了夏天的时候，我就显出我的优势了。我的皮肤特好，特光滑，没有一星半点疤癞，大家公认我是班里的"黑鱼"。

刘小宇呢，当然在夏天不可能穿毛衣了。她穿了花裙子，也很好看。但我不明白，她的手臂上为什么要系一条花手帕。这也算是一道风景吧。花手帕就像一只花蝴蝶似的伏在她的玉臂上。她领着我们做操的时候，那只花蝴蝶就在我的眼前飞来飞去了。

有一天，我无意中揭开了花蝴蝶的秘密。

刘小宇和我同桌。那天，我打钢笔水，不小心把墨水瓶弄翻了。刘小宇正趴在课桌上写作业，她臂上的花蝴蝶顿时被我染成了"蓝鸟"。

我惊慌失措，伸手就去拽那只"蓝鸟"，一拽，竟把"蓝鸟"拽零散了。哇，我看见，刘小宇的胳膊上，有一片红记，就像一幅红色的中国地图。

刘小宇的脸色煞白。我班同学都知道了，她的花蝴蝶下，埋藏着一片红土地。刘小宇气得不再理我。有时候，她明明想管我借半块橡皮，但就是不开口。她拼命用手指头去擦，把作业本都给擦烂了。

我想不到，因我的鲁莽，给刘小宇带来了麻烦。有人讥笑刘小宇的遗传基因不好，说她貌似完美，实际上是个丑小鸭。

刘小宇哭了。刘小宇不再领着我们做眼保健操了。

我在悔恨中突发奇想，将自己的胳膊刺上了一条青龙。我立即成了同学们议论的靶子，被视作了社会上的"青龙帮"。其实，我引火烧身的目的，就是为了解脱刘小宇。

刘小宇好像不那么恨我了，她的目光里有一种说不清的颜色。

有一天，刘小宇悄悄地递给我一张纸条，约我到她家去一趟。

刘小宇的父亲摸着我的头说："这小孩儿，长得真好，脑瓜真圆，像棵大萝卜头。"刘小宇哈哈大笑起来。刘小宇还把我的外号告诉了她爸："他是我们班的黑鱼！"

我羞得无地自容。我却没想到，刘小宇会对我说："来，让我们一起做眼保健操吧！"

我激动极了，听话地闭上眼睛，随着她的口令，认真地做了起来。

后来，刘小宇告诉我，她早就知道我在学校做眼保健操的时候，总是不闭眼睛。

后来，我就经常上刘小宇家，让她领我做眼保健操。后来，我总是犯老毛病，故意把眼睛睁开。后来，我就看着她给我织毛衣。后来，她就把毛衣送给我了。

弱智证明

二夯让妈妈去找医生，开张弱智证明。上学太累了，每天拖着拉杆书箱，很晚放学，还有写不完的家庭作业。如果写错了作业，老师罚抄一百遍，一夜都不能合眼。真的，来城里上学，乡下娃子二夯，累得光剩下小排骨了。

"有弱智证明，就不累了吗？"妈妈问。

"是哩，有张弱智证明，就能得到老师的照顾，就不用写那么多作业了。"二夯说。

"真是鬼灵精怪。"妈妈嘴里咕哝着。妈妈摸了摸二夯滚圆的小脑瓜，答应去找医生，开张弱智证明。

第二天，妈妈领着二夯，去了医院。

医生看看二夯，一颗大脑袋，一身小排骨，叹了口气。医生说："这孩子，一看就不精，乡下来的吧？"妈妈摇摇头，又点点头，恳求医生说："我家孩子，受不了那么多作业，有张证明就好了，老师就能照顾了。"

医生说:"不容易,乡下来的孩子,真不容易。"医生说着,扯了张证明,"拿到收费处盖章吧。"

妈妈接过证明,谢了医生,交了款,盖了章。

二夯把弱智证明带给了老师。老师看了一眼说:"又一个弱智证明。"老师说完,就不管二夯了,上课不提问他,也不要求他按时完成作业了。

有了弱智证明,就成了可有可无的学生。

二夯感到自己成了一只鸽子,想飞多高,就飞多高。每天放学后,他很轻松地玩乐着,快乐极了。有了弱智证明,就是比其他同学爽啊。

有一天,老师对二夯说:"下午开家长会,叫你家长过来。"

妈妈随着二夯来到了学校。

老师把十几个家长召集到了一起。老师说:"你们都是弱智学生的家长,都给孩子开了弱智证明。今天,专门给你们开个会,讨论一下,该不该放弃对这些孩子的教育?当然,不是学校放弃,而是家长放弃。不客气地说,有的家长是弄虚作假的,很随便就把证明开来了。这样做,对自己的孩子好不好呢?你们想一想。显然,这是过分地溺爱孩子嘛,这样的孩子是没有什么前途的。'弱智'了,就可以得到照顾了,到头来,吃亏的是你们自己的孩子!因此,我劝你们,不要把自己的孩子,当弱智儿童对待!"

老师的话,引起了家长们的沉思。

有几位家长当即从老师手里要过来弱智证明,随手撕掉了。他们对老师说,一定要督促自己的孩子,适应学习的压力,甩掉弱智的帽子,成为有用的智者。

老师问二夯的妈妈:"你家孩子,怎么办?"

二夯的妈妈说:"我们乡下来的孩子,不比城里的孩子。我家二夯很笨,还要老师多多照顾。"

老师叹了口气说:"好吧。不过,考试,还是要考的。"

二夯望望妈妈,又望望老师,心里说,考试就考试,有什么了不起的?!

二夯就成了班里唯一的弱智学生。从此,老师就彻底不管他了,他想来就来,想走就走,和住旅店一样随便。

二夯彻底解放了，更像一只鸽子了，想怎么飞，就怎么飞；想飞到哪里，就飞到哪里。每天，二夯都是唱着歌来学校，又唱着歌离开学校，学校成了他的快乐驿站。

当然，回到家里，他总是给自己找作业写。写作业，是必须的，他懂。他知道什么必须写，什么不必写。已经掌握的功课，他基本不写。

就这样，玩到了期末考试。期末考试，二夯一点都不紧张，每门考试，他竟然都是第一个交卷。

几天后，老师把成绩判出来了。意外的是，二夯名列前茅。

弱智学生二夯，名列前茅，学校一下子轰动了，连家长也轰动了。原先那些撕毁弱智证明的家长，都后悔得不得了。他们去了医院，重新开来了弱智证明。还有另外一些家长，也把孩子的弱智证明开来了。

学校组织老师讨论这个奇怪的现象，老师们勾着头，谁都不发言。是啊，有什么好说的？都明白的事嘛，老师们没什么好说的。

有个老师打破沉默说："这些孩子，今后只能当傻瓜了。"

卖眼泪

来娃哭了。因为缴不起学费，来娃伤心地哭了。老师向来娃发出了最后通牒："缴不上学费，就不要来学校了。"

来娃哭着把老师的通牒告诉了爸爸，要爸爸赶紧筹集学费。来娃哭道："老师向我发出了N次通牒，这是最后一次了，我再也没脸了。"

爸爸长叹一口气："哎！老板拖欠工资，半年没发了。我拿什么给你交学

费呢？除非，我去卖血！"

来娃哭得更凶了："爸，我不叫你卖血！"

来娃怎么能叫爸爸去卖血呢。可是，不卖血，又有什么法子呢？

来娃想到了打零工。来娃就跑上了街头，寻找打零工的机会。可他问了几家店铺，没人给他这样的机会。就在来娃灰心的时候，他看到了电线杆上贴着一张广告。广告上说，医学院收购眼泪，欢迎各界人士去卖眼泪。

这个发现让来娃惊喜不已。

不过，他没有告诉爸爸。第二天早上，来娃对爸爸说："您不要去卖血啊。"然后，就自己去了医学院。

果真，医学院的OCT中心，正在收购眼泪，有几个先来到的人，正在排队卖眼泪。只听一个医生说，采集泪液数据，是为了治疗干眼病患者，不会对卖眼泪的人造成任何伤害。

来娃的心踏实了。他默默地排在了队伍后面，准备卖掉自己的眼泪。眼泪怎么卖呢？是对着医生号啕大哭吗？面对医生，自己能哭得出来吗？这些，来娃都不知道。来娃想，挨到自己的时候，什么都知道了。

终于挨到了，终于轮到来娃卖眼泪了。

医生打量着来娃："十几岁了？"

来娃说："我都十五了，明年十六。"

医生摇摇头说："年龄太小，不符合条件，你回去吧。"又说："我们只收购二十岁至六十岁人的眼泪。"

来娃不服气地说："眼泪不都一样吗？分什么年龄大小？"来娃说着，鼻子就酸了，眼泪扑簌簌落下来了。

医生视而不见，对后面的人说："下一个。"

来娃的眼泪白流了。来娃娃抹着眼眶，跑出了医学院。刚跑出大门，竟碰上了爸爸。爸爸是准备到隔壁的血站卖血的，看见来娃，爸爸问："你怎么不上学？"

来娃闷声闷气地说："不缴学费，上啥学？！"又抬起头问："爸，你是去卖血吗？我说过了，不叫你卖血！"

爸爸说："不卖血，怎么给你缴学费呢？"

来娃说："爸，你去卖眼泪吧！"

爸爸惊异地问："卖眼泪？谁死了？替谁家哭丧？"

来娃说："不是哭死人，是医学院收眼泪。"来娃就把来龙去脉说了，还说了自己年龄小，人家不收小孩子的眼泪。

爸爸笑了起来："这好办，不就是卖眼泪吗？我去卖就是了。总比哭死人强！哭死人，我还不知道哭谁呢！"

来娃就引着爸爸去了医学院，到了OCT中心。

医生认出了来娃，猜到了来娃身后的大人是家长。医生说："这孩子卖眼泪，不够年龄。你是他爸爸，对吧？我可以收你的眼泪，我知道你们家里困难，等着用钱。"

爸爸感激地说："医生，您心真好。你叫我怎么哭，我就怎么哭，你要多少眼泪，我就能哭出来多少眼泪！"

医生笑道："其实，你不用哭出声来。你只需要将眼睛对着仪器就可以了。"

爸爸感到这事有意思。没想到，卖眼泪，不必哭出来。爸爸这么想着，脸上就笑了。

医生说："你笑什么？卖眼泪时，是不应该笑的！"

爸爸正色说："我不笑了，我已经将心情变得很沉痛了。"又说："卖眼泪总比卖血强！"

医生不再搭话。很快，医生就取好了爸爸泪液的数据。然后，医生写了一张纸条，要爸爸两三天再来卖一次，卖够五次，才能拿到一百块钱。

爸爸问："怎么？今天，拿不到钱吗？先给二十块钱呗。"

医生给了明确的回答："卖五次后，才能拿到钱。"

爸爸失望地说："今天，连二十块钱都拿不到呀？"

来娃扯着爸爸的衣襟说："爸，走吧。"

爸爸叹口气说:"哎!回去多找些人,大家一块来卖眼泪。众人拾柴火焰高,总能给你凑足学费。"又满怀希望地说:"别的东西,咱没有。眼泪,要多少,咱有多少!"

娘要跳楼

夜里,李瓜就听见爹和娘说要跳楼。爹说,若是再拿不到工钱,今年还得跳楼。娘说,你不能跳!去年,你和两个兄弟跳楼,被警察带走了,报纸上说你们是跳楼秀。爹说,秀就秀了,反正,去年拿到工钱了。娘说,那你也不能跳!去年,你没跳下去,说不定,今年,你就跳下去了。你真跳下去,俺和孩儿怎么活啊?爹说,不跳拿不到工钱啊。拿不到工钱,怎么回家过年呢?娘说,要跳让我跳,我又不是不敢跳!

李瓜模模糊糊地听着,听着爹和娘说要跳楼。也许是因为太困了,听着听着,李瓜就睡着了,一觉睡到天大亮。

李瓜醒来的时候,看到了爹和娘阴沉着脸。

吃过了早饭,李瓜就走了,到学校上课去了。

刚上了两节课,就听见有人喊:"李瓜,李瓜!"又听见喊"孔来娃!""王大毛!""徐莲英!""郭二牛!""刘石头!"李瓜听出来了,喊人的是茂华叔。几个异乡人的孩子,都听出来了,喊人的是茂华叔。李瓜、孔来娃、徐莲英、郭二牛、刘石头等,全都从教室里跑出来了。

茂华叔气喘吁吁地说:"快跟我走,你们的亲娘,要跳楼!"

跳楼?俺的娘,要跳楼?李瓜的脑袋,嗡一声就炸了,炸红了半边天。

异乡人的孩子，哇哇地哭着喊着，随着茂华叔，上了面包车。

老师也跟出来了。老师不明白发生了什么事情，但也跟着上了车。茂华叔告诉老师："这几个孩子的娘，要跳楼，爬上了十二层高楼，要跳楼！"

老师的脸色苍白："为什么要跳楼？为什么要集体跳楼？"

茂华叔说："因为，老板不给工钱。几个老娘们急了，一声招呼，全都爬上楼顶了！她们要一起跳楼！男人们，都急死了！我过来喊孩子们，让孩子们过去，阻止孩儿他娘跳楼！"

李瓜紧咬着嘴唇，不说话。他想起来了，夜里，娘和爹说过的，娘要跳楼！没想到，娘真的要跳楼了。

到了，到了一幢刚刚完工的楼下。果真，楼顶上站着几个女人。风刮着她们的头发，刮得很乱很乱。

警察也来了。警察开始喊话，叫女人们不要跳楼。

记者也来了。记者扛着长枪短炮，寻找着拍摄的角度。

楼顶的女人们似乎很坚强，似乎决心很大，坚决要跳楼。李瓜的娘，望着黑压压的人群，喊道："不许你们任何人上来！只要有人上来，俺立即跳楼！俺给老板半个小时，再不给俺爷们开工钱，俺就跳楼！俺不打算活了，不给钱，俺就跳楼！"

茂华叔急得团团转，对着孩子们说："跪倒啊，快给娘跪倒！你们一跪倒，娘就不忍心跳了！"

异乡人的孩子们，齐刷刷地跪倒了，跪倒成一片。跪倒在地的孩子们，泪流满面，撕心裂肺地呼喊："娘，娘！不能跳楼，千万不能跳楼！"

老师站在孩子们的身后，泪水止不住地流出来了。

李瓜用眼睛的余光搜寻着自己的爹。一来到这里，他就没看见爹。爹到哪里去了呢？

警察又开始喊话，老师也开始喊话。围观的人们却反应不一，有人居然对着楼顶叫喊："跳啊，咋不跳呢？"茂华叔和两个民工冲过去，朝叫喊的那家伙挥了挥拳头，那家伙闭上狗嘴，哑巴了。

李瓜的爹出现了。李瓜的爹和几个民工，扯着老板出现了。李瓜的爹指指楼顶上迎风而立的女人们，又指指跪倒在地的孩子们，吼道："看见没有？我们的女人，要跳楼！我们的孩子，在下跪！你忍心吗，你的良心，让狗吃了吗？"

"你不让我们过年，我们也不让你过年！"情绪激动的民工们，围着老板，怒不可遏。

老板的脸色苍白，被警察叫到一边去了。

记者的镜头跟了过去，抓拍着"黄金瞬间"。

老板终于从皮包里拿出了账本，跟民工对账了。异乡人的孩子们看见，老板很不情愿地打了张欠条，承诺在本周内还清所有的工钱，让民工们携家带口，回老家过年。

楼顶的女人们下来了。女人们一下来，孩子们就扑了上去，哭喊着："娘，娘！"扑进了自己亲娘的怀里。男人们也来到自家女人和孩子的身边，与妻儿相拥而泣。

人们散去了。

老师把异乡人的孩子们带回了学校。

学校像往日一样宁静。同学们还不知道，这座城市刚刚发生了一起民工家属跳楼未遂事件。

李瓜坐在课堂里，脑子里还在浮现娘要跳楼的情景，挥之不去。他不知道，过完年，还能不能回到城里来上学？他无法判断，老板会不会兑现欠条？如果，老板跑蹿了，怎么办呢？娘真的会跳楼吗？

三天后，李瓜听说，老板果然跑了，跑到天涯海角去了。

少女的烦恼

三妮儿有说不尽的烦恼，最大的烦恼，就是不知道自己的身世。三妮儿总在默默地想："自己的亲生父母是谁呢？"这想法，不是一天两天了，也不是一年两年了。从她记事的时候起，母亲总是拿这样的话凶她："去吧，我们不要你了，你去找你亲娘吧！"

街坊邻里也总是拿这样的话逗她："你不是你娘生的，你是在大街上捡的！"有人还说："那天下大雪，你被扔在马路边，你娘把你抱回来了！"每逢听到这些，三妮儿的眼圈都会发红，街坊邻里们却哈哈大笑。

说的多了，她真的相信了，自己是捡来的。自己排在老三，上有姐姐和哥哥，就自己小，父母的计划里根本就不会有她，不是捡来的又是怎么来的呢？或许，这就是她多余的一个理由。爹娘从来不亲她，不给她买新衣裳，都是她捡姐姐的穿，仿佛姐姐永远有穿不完的旧衣裳。有一次，三妮儿实在忍无可忍，拒绝吃饭，爹娘才买了块布，为她和姐姐套裁了一件花衣裳。旧鞋袜呢，就更不用说了，虽然姐姐勤换勤刷洗，脚却长得很快。都是女孩子的鞋袜，三妮儿不捡，谁捡呢？从某种程度上说，三妮儿恨死姐姐了，把旧衣裳、旧鞋袜都给她了。姐姐却没心没肺，经常训她，让她干这干那，若不听话，就让她坐在小板凳上，不许她讲话，一句话都不许讲。

真是暗无天日，真是水深火热。三妮儿不止一次想，总有一天，自己要去找亲爹亲娘的，可是，亲爹亲娘在哪里呢？他们是谁呢？

其实，三妮儿不知道，人们是和她开玩笑呢，她若真是捡来的，人们就不开这种玩笑了。

三妮儿又一次绝食了，这一次是因为爹和娘没给她买新鞋。

姐姐拿出一双旧运动鞋说："三妮儿，你的脚长得太快，穿我这双鞋正好。"

三妮儿一眼一眼地剜着姐姐，很仇恨姐姐欺负她。

三妮儿说："学校要开运动会，别人都穿新运动鞋，就我没有！"

三妮儿才不要姐姐的旧鞋呢。姐姐的旧鞋，穿在自己的脚上，就算合脚，也是旧鞋啊。万一不合脚呢，趿拉趿拉的，难受死了。

三妮儿不知道，家里根本就没有钱给她买新鞋。爹和娘早就想好了，三妮儿捡姐姐的旧鞋穿，天经地义，顺理成章。这是一件好事，不但可以省钱，还可以物尽其用，有什么不好呢？

爹和娘坚持自己的主张，没有给三妮儿买新鞋。

三妮儿决定绝食，给父母看。她已经想好了，绝食三天，如果爹和娘没有买鞋的迹象，她就离家出走，到天涯海角去，到他们找不到她的地方去。就算玩失踪吧，谁让他们对自己不好了？

想到爹和娘对自己不好，三妮儿嘤嘤地哭了。

爹看到三妮儿在抹眼泪，就软下心来，和娘商量，要不就给三妮儿买一双新鞋？

娘的目光很硬。"钱呢？"娘问。

娘又说："她绝食又不是一次了，想绝就绝吧。"

爹在嘴里嘟哝着："三妮儿一天天大了，总要长成大姑娘的。"

娘却坚定地说："不买，就是不买！"

姐姐也央求娘："娘，给三妮儿买一双新鞋吧，她不能总捡我的。"

娘把眼睛一瞪说："给她买了，给不给你买？"

姐姐不吭气了。

三妮儿不知道这些。三妮儿把自己关在厕所里，默默地流泪。

终于，到了第三天傍晚。

三妮儿失踪了。

也不知道她是怎么跑出去的。

爹急得直跺脚，让姐姐、哥哥分头去找，爹自己也要出门去找。

娘冷冷地说："找什么找？还真能丢了？不饿她几天，她就不知道天高地厚！"

姐姐和哥哥悄悄地溜出去找她了。

娘说:"小孩子,没丢过,就不会长大!"

爹对娘咆哮如雷:"我不管,我要出去找三妮儿!"

天亮的时候,爹在很远的一个垃圾箱旁,抱起了熟睡的三妮儿。

许多年过去了。

爹和娘都成了遗像里的照片,在墙上对着三个孩子微笑。

三妮儿已经长成了大姑娘。

真是女大十八变,原来很丑很丑的三妮儿,漂亮得和姐姐一模一样。

姐姐说:"三妮儿,你小时候,真淘气,把我给你的衣裳都刷烂了。"

哥哥说:"你还玩绝食呢,让我给你偷偷拿馍吃。"

三妮儿说:"我真的很想爹和娘,一想起来二老,我就想哭。"

姐姐和哥哥都默不作声了。他们清楚,只有三妮儿最争气,考上了国家重点大学。

角 色

八月八日这天,我接到了礼仪公司送来的一束鲜花。送花的人告诉我说:"秦先生,这是小娟姑娘为您订购的"。

妻子的目光像探照灯一样审视着我,好像突然照见了定时炸弹。

我想啊想啊,总算想起来小娟是谁了。

那是三年前的一天傍晚,我吃罢饭出去遛弯儿,遛着遛着就来到了一所中学门前。我漫不经心地浏览着校门口的玻璃橱窗,欣赏着丰富多彩的校园生

活。要知道，我当中学生的时候，曾经是校队的男排五号。

这时候，忽然有一个清丽的声音在叫我："叔叔，叔叔！"

哦，一个女孩子，背书包的女孩子。

"叔叔，您能帮我去开家长会吗？我给您十块钱！"

我吃了一惊，不相信这话出自于女孩子之口。

女孩子告诉我，她叫刘小娟，在初一（三）班。

小娟说："我这次没考好，不敢叫爸爸来开家长会。"

"那你妈妈呢？"我想问小娟，但又不好意思问，现在的家庭，都有故事，不问为好。

小娟眼睛里转动着泪珠："叔叔，求您了，今天家长会要是缺席，明天老师就会找到家。"小娟说着，让我看她的后脖颈，红红的一块，小娟说是她爸爸给掐的。

真可怜。我答应了小娟，以她家长的名义，走进了校园。小娟的老师告诉我，小娟聪明伶俐。过去学习一直很好，可现在成绩突然下降了，每天总像有什么心事，希望家长配合老师，好好抓一抓。

从学校出来，我坚持要送小娟回家。因为天太晚了，让女孩子一个人回家，我很不放心。路上，我和小娟说了许多话。看得出来，她很懂事。说实在的，我有些喜欢小娟了。她要是我的女儿就好了，我突发奇想。

我把小娟送到她家楼下，小娟让我上楼去坐坐。

"也好。"我随着小娟上了楼。我是个爱交朋友的人，我很想见见小娟的父母，和他们好好聊聊。"放心，叔叔知道怎么说，保证不会让你挨打。"我对小娟说。

没想到，小娟的家装修得很气派。

我坐在客厅里，听见餐厅传来了吆五喝六的猜拳声。准是小娟的爸爸在同人喝酒呢。

小娟进去把她爸爸叫了出来。她爸爸醉醺醺地握住了我的手。

"我姓秦……"

"啊，秦先生，来，喝两杯！"小娟的爸爸说着就往餐厅里拉我。

就这样，我和小娟的爸爸碰起杯来。

我成为小娟爸爸的好朋友。一喝酒，大家说话都很仗义。

我对小娟的爸爸说："不许你再打小娟，再打，我就让小娟做我的女儿！"

我望见了小娟家墙壁上有一幅加黑框的照片。照片里的那个女人在凄苦地微笑。小娟的命真苦。失去了妈妈，剩下了酗酒的爸爸。

走出小娟家的时候，我看见小娟眼里闪着泪花。以后，我又在学校门口见过小娟几次。她告诉我，现在她爸爸不打她了，可老是喝酒，一喝醉就哭。

我对小娟说："体谅爸爸，你是爸爸的希望。"

小娟懂事地点点头。

后来，很长时间了，我没见到小娟。一打听才知道她转学了。

妻子听完我的坦白，冷笑了一声，甩出一封信来。

呀，是小娟的信。

"小娟考上中专啦！"读了小娟的信，我喜不自禁。小娟在信中告诉我，她订购了一束鲜花，表达对我的谢意。

妻子在一边继续冷笑："故事很动听。动听的故事又发生了一回，今天下午，你儿子出二十块钱，请街上修鞋的老头冒充他父亲，替你去开家长会了。"

美国孩儿

补习班的广告打出来了，说是有个美国孩儿也参加补习。把中国孩儿和美国孩儿泡一块，让中国孩儿和美国孩儿互相学口语，多么好的创意！

哪来的美国孩儿呢？

招生的老师说，美国孩儿的父母是中国人，但这孩子不会说汉语。孩子在美国出生，加入了美国国籍，能说很流利的美国英语。

是这么个美国孩儿呀。

老师说，这个美国孩儿是回来学汉语的。让他和中国孩儿在一起，他向中国孩儿学汉语，中国孩儿向他学英语，这不是两全其美吗？

哦，是这样啊。

开学的第一天，中国孩儿果真见到了传说中的美国孩儿。嘿，这个美国孩儿，黑头发、黑眼睛、黄皮肤，怎么看都像中国孩儿。他真的不会说汉语，只认得一些简单的汉字。听中国孩儿说话，他云里雾里摸不着头脑。但他滔滔不绝说英语的时候，中国孩儿则像呆头呆脑的小傻瓜。

老师因人施教，让中国孩儿一句句教他说汉语，让他教中国孩儿一句句说英语。半个月下来，美国孩儿和中国孩儿混熟了，能够简单地会话交流了。他们首先在一起玩了老鹰抓小鸡的游戏。当然是美国孩儿扮演老鹰了，中国孩儿扮演鸡群。有趣的是，老鹰永远都抓不到小鸡，鸡们将老鹰拖得大喘粗气。美国孩儿不解地问："鹰，为什么要捉鸡呢？"

中国孩儿不回答他，中国孩儿哈哈笑，中国孩儿笑哈哈。

游戏玩得很开心。中国孩儿又按照英语教材学演戏，演的是传统剧目《哭长城》。扮演丈夫的中国男孩儿在长城上倒了下去，然后，又死了过去；扮演妻子的中国女孩儿大声哭泣："你为什么丢下我一个人啊？"美国孩儿越看越纳闷，那名死去的中国男孩儿是应聘来修长城的呀。剧情的发展太奇妙了：中国女孩儿哭了一阵后，居然把万里长城哭倒了。

美国孩儿不理解，不理解就是不理解。中国的事就是这样，几千年的历史就是这样。身在其中，不理解也就理解了。或者说，理解的要理解，不理解的也要理解。当然，这是中国孩儿用美国英语演戏，美国孩儿不理解是不奇怪的。好在美国孩儿有中国血统，不求甚解，这也是最佳的选择。

补习班结束的时候，美国孩儿与中国孩儿结下了深厚的友谊。在老师的提议下，他们去了饭店，共进晚餐。老师对学生们讲了一番中美差别的道理："美国人与人接触，首先是拉开距离，然后再选择；中国人则是先混在一起，然后再区别。美国人的麻烦是容易孤独，中国人的麻烦是人际关系绞成一团。"

美国孩儿对此表示理解。美国孩儿指着桌上的菜肴，用生硬的汉语说："你们就像你们的菜，切碎了，拌在一起炒。有时，还要拌上粉芡，黏糊到一起。"

中国孩儿听了美国孩儿的话，哈哈大笑。美国孩儿说出这番话，说明他已经理解了中国文化。可是，美国孩儿却没笑。也许，他想起了自己即将面临的孤独。回到美国去，谁和他讲汉语呢？虽然，汉语是母语，可自己的周围，没有说汉语的环境啊。想到这里，美国孩儿忧心忡忡地说："在美国，我只不过是个香蕉而已。"

什么？香蕉？

"香蕉，皮是黄的，剥开后，里面是白的。这就是华裔后代，看起来像中国人，但是不会说中国话。"

中国孩儿全都沉默了。中国孩儿上补习班，向美国孩儿学口语，是为了要到美国去的。听美国孩儿这么说，还要不要到美国去呢？

中国孩儿习惯于把想不通的问题交给家长，请父母定夺。几乎每个家长都这样对自己的孩子说："当然要去美国了！让你补习英语，就是为了让你去美国的！"家长们纷纷劝说自己的孩子，要在美国站住脚，就要舍得把自己变成香蕉。

奇 志 班

周老板打电话来，问陈翔在一中有没有关系？有的话，好好挖一挖，把儿子小龙送进奇志班。

什么奇志班？陈翔还没听说过。

周老板说：就是尖子班。老同学，你知道，我有钱。我有钱，为什么不能让儿子上最好的学校、进最好的班？

通往一中的管道还是有的。陈翔的表哥在一中当副校长。这根秘密管道，一般人不知道。于是，陈翔到一中去了一趟，当场就给疏通好了。

周老板很高兴，亲自提了款，交了三万块钱的择校费、借读费。

陈翔第一次看见小龙，觉得这孩子迷迷糊糊，看上去不太精明。果然，周老板给陈翔亮了底牌：小龙和我小时候一样，就是不爱学习，数理化总是考不及格！

陈翔很诧异：既然这样，为什么非要让孩子进奇志班呢？将来，考不上大学，钱不是白扔了吗？

周老板笑道：世界上哪有白扔的钱？除非是书呆子！

陈翔说：我真不明白，你瞧不上书呆子，怎么还要上好学校？

周老板说：你呀，老同学，叫我怎么说你？白活这么大岁数了，有些道理你还真就不懂！你别不服气。我当然知道，奇志班的学生，百分之九十九都能考上大学，剩下来一个，就是我家小龙。明知如此，我为什么还要把小龙送进奇志班？实话对你说，我让小龙进这个班，就是让他和同学们交朋友的！就像我和你，咱们是小学同学，就是老同学，老朋友！奇志班的学生，将来都有可能当大官、当大老板！这就叫做长远投资、战略眼光！明白了吧？

听周老板说完，陈翔傻了一般，半晌说不出话来。

周老板拍着陈翔的肩膀说：老同学，过段时间，我做东，让小龙把奇志班的同学都请出来！你一定光临啊！

果然，没过多久，周老板就驾车来找陈翔了，把陈翔拉到了新星大酒店。

宴会厅里，齐整整地坐着小龙和小龙的同学们。周老板悄声说：看看，奇志班的学生，都来了，一听说吃大酒店，没一个不来的！

陈翔不置可否地笑笑，随着周老板，坐到了主桌。

宴会开始了。

主持宴会的小龙，居然表现得伶牙俐齿。小龙说：同学们好！今天，我请来了我的爸爸周先生，因为，他给我埋单！我还请来了陈叔叔，因为，他把我送进了奇志班！让我们用热烈的掌声，欢迎两位嘉宾的到来！

学生们热烈鼓掌，陈翔臊得面红耳赤。

小龙又说：我宣布，宴会正式开始！在我们共同举杯之前，请每个同学来个自我介绍。当然，每个人还要说出家长的名字、职业和职务。

好！奇志班的学生们齐声响应。

我叫汤虎，我爸爸叫汤国柱，税务局局长。

我叫马奔腾，我爸爸叫马天鸣，公安局副局长。

我叫刘晓娜，我爸爸刘正华，工商局副局长。

我叫郭嘉，我爸爸叫郭子亮，宏达集团总经理。

我叫张子俊，我爸爸叫张学军，旅游局局长。

…………

听学生们一个个做着自我介绍，陈翔惊奇了。他根本就没想到，奇志班的学生家长，个个都是有头有脸的人物，难怪周老板非要让小龙挤进奇志班。

周老板面露得意之色：怎么样，老同学？这就是奇志班的特色。我让小龙接触这么多高干子弟，将来，没亏吃吧？

陈翔无话可说。但心里却在冷笑：什么高干子弟？真会抬举自己！

几十个学生差不多都自我介绍完了，却剩下一个女孩子，怎么都不肯发言。在学生们的不断起哄中，女孩子勉强站了起来。只见她憋红了脸说：非叫

我说，那我就说了……我叫李雪静，我姐姐叫李雪鸿，我姐姐是个空中小姐！

嗷！听她这么说，举座皆惊。接着，笑声一浪高过一浪。

陈翔也笑了，笑颠了。陈翔一边笑，一边对周老板悄声说：我也做个自我介绍吧，我表哥，是一中的副校长！

周老板连忙把陈翔的嘴捂上了。周老板神态诡秘地说：嘘！王牌，是不能轻易露面的！

班 主 任

当了二十多年的初中班主任，杨老师最拿手的就是斩断学生们的早恋苗头，不让嫩枝过早地发芽开花。

她最了解少男少女心里想的啥。十几岁的孩子，递纸条、眉目传情、校外拦截等把戏，都会出来的。特别是近些年，手机普及了，用手机发送短信息，人人都能当"特务"。这怎么能行？这不把学业荒废了吗？初中阶段，正是较劲的时期，学生们如果沉湎于谈情说爱，一生不就毁了吗？所以，当老师的，必须得管。哪怕是天昏地暗，也不能让学生擦出爱情的火花。

杨老师敢于管学生，也不怕学生暗地里恨她。她心里很坦荡，管学生是为了学生好！但爱情的花朵似乎掐不完，总是有学生禁不住诱惑，顶风作案。有一次在食堂吃饭，某男同学公开向女同学示爱，把手臂搭在了女同学的肩上。杨老师走过去，问那位男同学："回头看看，你丢了啥东西？"

男同学不知是计，拿下手臂的同时，很自然地回了回头。地下什么东西都没有，就算有鞋印，也看不清。

杨老师意味深长地说："有的人，丢了什么，自己都不知道！"

学生们哄堂大笑，都明白杨老师的意思，那位男同学面色绯红，恨不得找个地缝钻进去。

杨老师经常在班会上讲，早恋是枚苦果，会毁灭一个人的前途。同学们都知道，在杨老师的眼里，早恋与苦果画等号。

学生们都不敢谈恋爱，有想法的，也转入了地下，做地下工作者，不让杨老师知道。

杨老师很清楚，有百分之几到百分之几的学生在悄悄行动。当班主任的，都有一双锐利的眼睛，谁搞小动作，明察秋毫。杨老师一旦察觉，就会拿小棍敲他（她），让他（她）抬不起头来。也有的学生，收到不明不白的情书后，很难为情，就把情书交给杨老师。杨老师就声情并茂地在班上朗读，羞得该学生无地自容。通常，杨老师会很严肃地说："到此为止吧，别让我抓了现行！"

到市里培训了半个月，杨老师最放心不下的就是班里那几个春心萌动的学生。培训一结束，没进家门，她就先来到了学校。其实，她一进校门，学生们就知道了。因为，她嗓门亮，见到谁就和谁高腔大嗓地说话。

班里真的有想犯规的家伙。有个女学生飞快地给某个男学生扔了张纸条，恰巧，被站在窗户下的杨老师看见了。

男学生不知道杨老师在窗外观察，捡起纸条就展开了。男学生怀揣着兔子，准备默读。他先下意识地往四周看了看，竟没发现窗外站着杨老师的身影。不过，他最终还是把纸条塞进了桌斗里，打算上完课间操回来看。有味道的东西，总是要慢慢品嚼。

下课的铃声响了。男学生像没事人似的，冲出了教室。

这一切，早被杨老师看在了眼里，看得一清二楚。等学生全跑出去了，她才走进教室，从那个男学生的桌斗里查获了纸条。

"老杨回来了！咱俩的事，到此为止吧。"纸条上写着娟秀的字体。

杨老师看了纸条，胸有成竹。放学后，她把两个学生叫到了办公室里，当着他们的面，把纸条撕了。

男学生满脸通红。

女学生低声哭泣。

就这样，爱情的火花刚擦出来，就被杨老师无情地掐灭了。二十多年来，掐灭了多少火花，扑灭了多少熊熊燃烧的烈火，她自己都说不清了。一般地讲，企图恋爱的或开始恋爱的学生，只要被她掐灭火苗，就很难死灰复燃。

就这样，杨老师带的学生，多数都能考上高中。考上高中，只要好好努力，就等于进了大学的苗圃。家长们很欢迎杨老师，写表扬信称赞杨老师，要求学校提拔她。后来，学生们考上了大学，都要来答谢杨老师，没忘记杨老师的教育之恩。

就这样，过了一年又一年，送走了一届又一届。总是有猴撵猴、鸡叨鸡、狗追狗、猪拱猪、兔咬兔、牛顶牛的故事发生。不管发生到谁的头上，只要被杨老师发现，有一对儿算一对儿，统统拆散。虽然，有的学生恨得咬牙切齿，但考上大学的，尤其是走上社会后，却没谁恨她，反而要感恩她。都说，幸亏杨老师按住了青苹果的花骨朵，否则的话，只能让他们尝不尽苦果！

倒是杨老师的丈夫却时不时地批评她，奉劝她，什么时代了，管那么宽干嘛？杨老师有时争辩，有时不争辩。有一天，她在本地报纸上发表了一篇散文《楼道里的灯光》，赞美那个为黑暗带来了光明的人。丈夫说："杨老师，你不知道吗？人人都有隐私，人人都需要保护隐私。"

"你是什么意思？难道，你也有隐私吗？"

"杨老师，我的意思是，许多事儿，需要在夜幕里进行！是吧？比如，有人想在黑暗中接吻了，你让灯亮了，算怎么回事？"

杨老师哈哈大笑。她明白了丈夫说的是什么。谈恋爱的时候，丈夫曾在楼道里吻过她的额头。丈夫是自己的同班同学，那时候，常常在晚自习后送她回家。如果，不是丈夫吻过了她，后来与她结婚的可能就是另外一个人了。也许，就是因为这个吧，她没考上清华、北大，将就着上了省里的一所大学。可现在，说这些，有什么用呢？

丈夫却似乎在证明自己的正确。他也是学校的老师，也是她的同事，也是初中的班主任。每逢过年的时候，都有学生给他拜年。无一例外，这些上门拜年的学生，全都是成双成对。奇怪的是，小两口无论男女，总有一个是丈夫教过的学生，另一个是杨老师教过的学生。也就是说，杨老师的学生，偷偷地和外班的学生恋爱了结婚了，而外班的学生，正是丈夫的学生。

怎么会这样呢？自己的学生，怎么会成为人家的女婿或媳妇呢？这些学生，是怎样暗度陈仓的呢？

不可思议，真是不可思议。杨老师常常想这个问题，怎么也想不通。

小 数 点

那时候老师都有外号，金老师的外号叫小数点。金老师在数学课上给我们讲了小数的概念后，下课就有人管他叫小数点了。这个外号太棒了，太形象了，因为金老师的脸上有一个小数点：一粒黑痣。

这粒黑痣像黄豆粒那么大，点缀在金老师雪白的脸蛋上，显得那么突出，那么生动。

金老师好像知道自己获得了小数点的称号，但他没有和我们算账。谅他也不敢，要知道，我们能来"复课闹革命"就相当不错了。当然，金老师已经因为有"小数点"而害羞了。他讲课的时候，常常将半张脸偏过去，极力避免让大家正面参观小数点。

班里有一伙"八大金刚"，常常在课堂上给老师扮难看。

有一天，七麻子带头起哄，说不知道啥叫小数点，非叫金老师给讲一遍。

金老师的脸色就红了，脸上的小数点"突突突"抖了起来。金老师当然知

道七麻子在耍他，也明白"八大金刚"要兴风作浪。

金老师毕竟是老师，毕竟比学生吃的盐多。金老师很快就镇定下来了，并且把长着小数点的半壁江山朝向了大家。金老师点着自己的脸庞说：喏，我的脸上长个小数点，知道了吧，就是这个黑点，你们不是尊称我是小数点吗？

课堂上的气氛一下子轻松了起来。七麻子竟吹了个口哨给金老师喝了个彩。

金老师笑道：你们不要小看小数点，小数点虽然是个点儿，可它作用大着哩，在数学的王国里，它是整数和分数的分界点，小数往左，站着个、十、百、千、万；小数点往右，趴着十分位、百分位、千分位、万分位。换句话说，小数点站在哪个位置，哪个位置就是个位数的起点。小数点的位置不能点错，点错了位置，就会使数字无缘无故地增大，也会使数字不明不白地变小。

金老师又说：我给大家举个例子。金老师说完就在黑板上写了个"10000"。

金老师说：我把小数点点在1的左边，这个数就成了0.10000；点在两个零的中间，就成了100.00。金老师突然话锋一转：同学们，想一想，如果你们每个人是一个小数点，你们希望自己点在哪里呢？

点在四个零的后边！我们都是一万！七麻子带头叫了起来。

对啊，同学们，你们将来要成为国家的栋梁，就要把自己当成一个小数点，点准自己的位置，将成绩创造成100.00，将差错克服在0.0001之后。

金老师动情地讲着，课堂上鸦雀无声。

金老师，你脸上的小数点是咋来的？七麻子出其不意地冒了一句，立刻引起了哄堂大笑。

唉！金老师叹了口气。这个嘛，是我小时候的故事了。我小时家穷，家里还总是想供我上学。几个地主孩子欺负穷人孩子，有一次，两帮孩子打架，地主孩子往我脸上扎了一钉子，呼呼冒血，我撕了块黑布条，按在脸上止血。后来伤好了，黑色长到肉里了，就落下来个黑痣。

金老师的故事深深打动了我们。原来，金老师也是穷苦人家出身呢，我们怎能不尊重金老师呢，怎能乱给金老师起外号呢！

我们决心不再管金老师叫小数点了。

但是三天后，学校大批判专栏里突然贴出了批判金老师的大字报。大字报的标题是《小数点里有阶级斗争》。大字报说，金老师利用小数点毒害学生，引导学生走白专道路。而且，金老师家根本不是贫农，是破产富农，就连他脸上的小数点，也是伪装的……

金老师被清除出了教师队伍。

金老师走的前一天晚上，我约了几个同学悄悄地去看望他。

我们惊奇地发现，金老师的面颊光滑得很，根本就没有什么小数点，那颗黑痣无影无踪了。

金老师一个劲地苦笑，啥也说不出来。

我突然明白了什么。我提议，请金老师为我们每个同学的脸上制作一个小数点。金老师起初不答应，但他到底耐不住我们的磨叽，还是给我们每个人的脸上都安装了一个漂亮的小数点。

哈，我们这一群新小数点围着金老师这颗老小数点，开心地笑了起来。因为我们看见了金老师脸上小数点又恢复出来了，而且光辉灿烂。

挨打

那时候，我班男同学经常挨打，挨杨老师的打。

"须得打！"杨老师动不动就在初一（三）班的课堂上说。杨老师说的是徐州话，"须得打"三个字用徐州话说出来，十分动听。特别是中间那个"得"发dei音，紧接一个铿锵有力的"打"，味道十分得。

我班同学很喜欢听杨老师说"须得打"。当然，杨老师从不打女同学，只

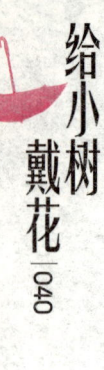

打男同学。每次，杨老师一说"须得打"，女同学就用笑声助威。杨老师就心花怒放，抓起粉笔头，瞄准目标，一打一个准。

其实，杨老师打我班男同学，完全是因为恨铁不成钢。也就像家长打孩子，该打。当然，家长全都对杨老师说过"当自己孩子看待，该打就打，说骂就骂"的话。因此，杨老师打学生不怕有人告他侵犯人权。是的，杨老师打我班同学，也不是随便打，只有特别气愤时才打。每次一公布考试成绩，杨老师就准备一堆粉笔头，念到一个不及格的，杨老师就捏起一个粉笔头，"啪"一声砸过去，砸得稳准狠，让不及格分子抬不起头来。杨老师一边打一边说，"须得打！树活一张皮，人活一张脸！"

挨打者，多为脸皮厚者，有时也起哄，扮杨老师的长脸，妄想把杨老师的脸扮得又黑又长。杨老师这时候就在课堂上说："须得打，微山湖上的蚂蚁，一抓一大把！"

我班男同学快给杨老师打过来了，只有我和班长刘岩尚未挨过打。真的，我和刘岩学习成绩好，杨老师喜欢还喜欢不过来呢，咋会舍得用粉笔头砸我们的脑壳？

是的，我和刘岩一直为没挨过打而自豪。这么多年过去了，据说，杨老师调回了徐州，在徐州退休了。我班同学都已经成家立业了。可我们总忘不了杨老师，每当同学见面的时候，大家总爱先说一句"须得打"，然后闹成一团。

有一天，刘岩打电话找到了我，告诉我杨老师来了，他让我马上过去，中午一起给杨老师接风洗尘。我高兴极了，立马打了个出租，奔到了刘岩的公司。

刘岩现在是公司经理了，是我们同学中的拔尖人物。刘岩这小子挺有派，把午宴安排到了金龙大酒店。

杨老师还是那个杨老师，一口徐州腔，一脸沧桑状。一见面，我就一直想掉泪，杨老师啊，已然是白发银如雪了。

席间，我和刘岩频频举杯向杨老师敬酒。杨老师喝酒竟是海量，酒一落肚，话语也稠。杨老师把同学们的情况问了个遍，他居然能把大家的名字记得那么清，而且还能说出一些人的绰号，比如老饼、馍渣、萝卜、地瓜、烟头……要说也不奇怪，这些有著名绰号的家伙，都是当初杨老师用粉笔头"严打"的对象呢。"须得打！对他们须得打！"我学着杨老师的腔调，逗得杨老师击掌大笑。

师生相见，开心极了，杨老师喝了许多酒。老师喝酒喝得尽兴，做学生的又何乐而不为呢？

我真不知道，刘岩还准备了一个节目。宴会后，刘岩把杨老师拉到了酒店二楼，二楼全都是KTV包厢，杨老师糊里糊涂就被刘岩给塞进包厢里了。紧接着，刘岩就把一个小姐给派进去了。

我正想说刘岩几句，刘岩醉醺醺地笑道："你说，杨老师辛苦了一辈子，该不该叫他放松放松？我看没什么不应该！没什么就是没什么，咱俩在厅里给杨老师站岗，我埋单！我有钱！"

KTV包厢很静，我真的为杨老师担心，恐怕杨老师真的变成唐僧肉，被那小姐给啃了。

刘岩上卫生间去了。我终于忍不住推开了包厢的门：杨老师很平安，杨老师很安全。慈眉善目的杨老师正在和小姐款款细语呢，小姐正在用手绢捂着眼擦泪呢。

杨老师看见了我。杨老师站起身来，掏出来一百块钱，交给小姐说："姑娘，这不是小费，这是我给你的回家路费。回家吧，明年再接着考学。"

杨老师走出了包厢。刘岩也从卫生间走出来了。杨老师二话不说，伸出巴掌，当场赏给我们俩一人一个耳光："须得打！须得打你们俩！想让我酒后失德，须得打！"

后来，我和刘岩挨打的事在同学中间传开了。女同学幸灾乐祸地说："咱班男同学都挨过杨老师的打！没一个漏网分子！"

身边有个冠军

冠军回到了小镇。冠军是从小镇走出去的，十年后，又走了回来，回到了小镇上的母校。母校——小镇中学，举行了隆重的欢迎仪式，聘他为体育教师。

镇领导也赶来祝贺。以往，只是在电视里见过他，见过他比赛的画面，见过他登上领奖台的瞬间。现在，他从国家队退役了，回到本乡本土了，真是一件大好事。镇领导有理由认为，冠军一定能带出一批新的冠军，就像当年马家军那样，让小镇的运动员蜚声体坛。

冠军有个恳切的要求，允许他插班听课。这些年，只顾得比赛拿金牌了，荒废了学业，需要好好补一补。

校长答应了冠军。校长为什么不答应呢？冠军是国家人才啊，一定要对人才尊重。尊重人才，才是对自己的尊重。校长特意叮嘱说："你想插哪班就插哪班吧，想听谁的课就听谁的课。"又说，"听课的时候，不要忘记发现人才哦。我说的是体育方面的人才。发现哪个学生是冠军苗子，你就培养他（她）！"

冠军笑笑。

冠军很快就与学生们打成了一片，语文、数学、物理、化学、英语、生物……什么课都听，认真做笔记，认真交作业。望着他那副如饥似渴的样子，许多老师都笑了。

王老师说："你想恶补啊？一口吃不成个胖子！"

冠军笑道："我明白，循序渐进！"

老师们都喜欢冠军勤奋好学的样子，记得他刚上初中不久，就被国家队选走了。现在，重新坐到课堂里，感受如何呢？

王老师话里有话地说:"你已经功成名就了,不必下死功夫硬读了。你的岗位是教体育。我们学校的冠军,等着你来发现和培养呢。"

冠军叹了口气。冠军说:"体育比赛,玩的是角力游戏,也就是穷追猛打。我感到很没意思。不然,我不会回来。"

王老师笑了:"你怎么会有这种思想?"

冠军若有所思地说:"体育是大众运动,是老百姓健康的生活方式。可现在,精英体育成了主导!"

王老师说:"我知道你的意思,体育理念应该回归!"

冠军忧虑地说:"你看看现在的孩子们吧,清早起来,背着沉重的书包上学,有的还要拖着拉杆箱。放学了,又背着沉重的书包回家,写作业写到深夜。每天,两点成一线,累弯了多少孩子的腰!据报纸上的统计,高中生里有百分之八十五的近视眼;和日本孩子比,我们的中学生在身体素质上相差很多;我们参加体育运动的人口只有百分之二十八,人均体育设施在世界上排名一百开外;中国竞技体育取得了辉煌成就,中国人的体质正在明显滑坡!"

王老师故意说:"我们的金牌总是世界第一,亚洲绝对第一。一骑绝尘,这是个好事呀。"

冠军把脑袋摇晃成了拨浪鼓:"好个屁呀。这是对中国人的重大讽刺,让我感到汗颜!"又垂下头说:"王老师,你不知道,当冠军的人,结局并不一定很美。有的冠军,当了搓澡工;有的冠军,生活拮据,把奖牌都卖了;还有的冠军,当了小偷,进了监狱!"

王老师盯着冠军说:"所以,你回到了小镇,回到了母校。"

冠军看着远方说:"母校是我的摇篮,难道我不该回来吗?"

这次谈话之后,王老师读懂了冠军。通过进一步观察,她发现冠军和孩子们在一起的时候,特别快乐。尤其是上体育课,冠军和学生们摸爬滚打,竟像孩子一样淘气。只是,每当他补习文化课的时候,总是眉头紧皱。

王老师少不了为他开小灶,从最简单的功课补起。

冠军认真地说:"不要笑话我和孩子们在一起,我需要和孩子们在一起。"

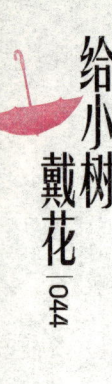

我没做过孩子，我需要开开心心地做一次孩子。"

王老师笑道："你做嘛。"

冠军嘿嘿地笑笑，笑得很傻。

校长也在关注冠军。校长看到冠军一边在教体育课，一边在补习文化课，很是放心。尤其是看到冠军和孩子们在一起玩的时候，冒出了儿童的天性，更让校长放心。校长相信，要不了多久，冠军就会为母校发现和培养出一大批体育尖子。

转眼，到了期末考试。成绩出来后，校长颇感意外：全校学生的平均成绩，竟在县里排名第一。

继而，组织会考，小镇中学的平均成绩，还是县里第一。

这可是从来都没有过的事啊。校长找来一些老师和学生座谈，想听听大家的说法，究竟是什么原因，使学生们获得了上升的动力？

回答几乎是一致的：学生们身边有个冠军。

校长没有去找冠军。校长望着在操场里奔跑的冠军，沉默了许久。然后，深深地吁了口气。

|轮 椅 之 路|

早先，孩子们很小的时候，爹就让老大背着老四，爹自己抱着老二，娘怀里抱着老三，一家人跌跌撞撞往电影院里进。全家六口人买三张票，爹的眼睛里总是露出智慧之光。

为了能逃票，老二、老三、老四分别落在了爹、娘和老大的身上。看电影是这样，坐火车、坐汽车也是这样。一点一米以下的儿童，不买整票，也该买半票。可让爹这么一操作，老二、老三、老四连半票也不买了。遇到检票员，连挤带扛，轰轰隆隆全嗡进去了。

也是没办法，那年月，连肚皮都哄不圆，只有哄检票员了。

可检票员并不都吃这一套。有一年，从老家回来，刚到火车站检票口，就被人家捞住了。高腔大嗓的女检票员，识破了他们的伎俩，把老二、老三、老四一个个揪了出来。连补票带罚款，爹气得牙都咬碎了。也不敢顶撞。眼见得有个逃票的妇女，被女检票员抓住，又拽头发又撕脸。火车站的女检票员就是这么厉害，下手重，心肠狠。

爹问娘：以后，咱还敢不敢？

娘无语。娘的泪如雨。

爹又问孩子们：以后，咱还敢不敢？

爹敢，我就敢！老二应了一声。老二总是趴在爹的背上，所以，老二和爹一条心。

爹又看看老大。老大还没表态。爹认为，老大必须表态。爹最器重的就是老大。可老大闷着头，不吭气。不吭气，就是不表态。爹抬手一巴掌，将老大扇了个趔趄。

老大哭了，和娘一样哭了，泪如雨。

老四拉住爹的手说：爹，别打大哥了，我还叫大哥背我！

老三也拉住爹的另一只手说：爹，别打了，大哥都哭了！

爹叹口气，伏下身子，背起了老二。老四见状，身子一蹿，攀上了老大的肩膀。老三看看娘，一头拱到娘的怀里了。

一家人走出火车站，去了汽车站。还是买三张票，六个人上了汽车。

夜晚，到家以后，孩子们都睡下了，爹捶了娘一顿。然后，爹搂着娘睡，一睡睡到天大亮。

后来，全家人去了遥远的新疆。

后来，他们还去了别人不知道的许多地方。

当孩子们回到这座城市的时候，爹和娘已经睡进了骨灰盒。爹和娘分别由老二和老三抱着。而老大，则坐在了轮椅里，由老四推着。

回首往事，兄弟们怅然长叹。

老大望着兄弟们，说出了自己的建议：安顿好爹娘，咱们出国去旅游吧。到欧洲去，欧洲对残疾人很照顾。只要坐到轮椅上，到哪儿都免票。

老大这么说着的时候，用手拍了拍轮椅，然后，驱动双轮，在原地兜了个圈儿。

兄弟们都明白了大哥的意思。大哥是个残疾人，到欧洲去旅游，会享受到应有的待遇。可是，另外三个人怎么办呢？

老二心眼快，马上有了主意：这样吧，我再去弄个轮椅坐上，咱兄弟四个，两个坐轮椅，两个推轮椅，全都不用买票了。推轮椅的，在欧洲，也受照顾。

老三说：这个主意不错。可二哥，你也不是残疾人啊！

老四说：这有什么难的，去办个残疾证嘛。不然的话，怎么能蒙住欧洲人呢！

大家都说好，这个主意好。

老二很快就弄来个新轮椅，还顺便弄来张残疾证。老二对兄弟几个说：别以为我办了张假证。这回，我是真残废了。我不骗你们。我一坐到轮椅上，就再也站不起来了！真是奇怪！残联看我这副模样，啥话都没说，咔一下，就把章子戳上了！

老二、老三面面相觑。少顷，他们把老二从轮椅上拉了下来，看他到底会不会走路。他们看到的结果是：老二刚离开轮椅，人就软了，像面条一样堆了下去。

老大说：别折腾你二哥了，轮椅这玩意儿，谁坐谁残废，坐上就下不来了！

|父亲曾烧毁了他写的日记|

早年，父亲就反对他写写画画。他虽然是个孩子，却很喜欢写日记。每天，他都要把所见所闻所感所悟记下来，写进自己的日记。有一天，父亲发现了他写的日记，劝他不要再写，他不听，父亲勃然大怒，一把火就把他写的日记烧了。

他不明白父亲为什么要这样做。他默默地擦干了委屈的眼泪。直到有一天，父亲突然被抓走了，遣送到农场劳改，他才似乎明白了什么。没错，父亲是个文字工作者，因文字而入了"文字狱"，有冤不能伸。

于是，他不再写日记。他不能再给父亲增添新的麻烦。

一夜之间，他也成了"黑五类"的黑崽子。总是有这样或那样的孩子，向他扮鬼脸、吐口水、扔石块。有一天，他忍无可忍了，同一群捉弄他的孩子打了架。毫无疑问，他不是那群孩子的对手，他的一只眼睛被打坏了，蒙上了纱布。

父亲在农场得知他与人打架的消息，吓坏了。传到父亲耳朵里的是，他打坏了别人的一只眼睛！

父亲慌里慌张地请了假，回到了城里。父亲看到的却是他被别人打坏了一只眼睛！

父亲轻轻地叹了口气，一颗心落地了。好在，自己的孩子没有打坏别人的眼睛。自己的孩子受伤了，不要紧，养养就会好起来的。父亲摸了摸他的小脑瓜，同母亲交代了几句，回农场去了。

父亲走后，他号啕大哭。

这都是三十多年前的事了。

恢复高考后，数理化很棒的他，却因为残了一只眼睛，被无情地淘汰了。

第二年，他改报文科，被录取了。

父亲无奈地叹着气：也许，命该如此！父亲已经平反了，仍做文字工作。父亲并没有因他考上文科而流露出半点欢喜。

读大学时，他一遍遍想起父亲曾烧毁了他写的日记。

大学毕业后，他悄悄地写上了小说。他需要倾诉，需要再造一个世界。虽然，他在小说里营造的世界是虚幻的，但却感到了无比的充实。

父亲发现他在写小说，无话可说。父亲老了，已不能像当年那样，粗暴地烧毁他写的作品。父亲能做的，就是不读他的作品。仿佛，儿子写小说这件事，与父亲无关。

不读就不读吧，父亲仅仅是个普通的人。他就这么把父亲忽略了。

街坊邻里却喜欢读他写的小说，并经常拿他教育孩子。也有的文学青年，立志要他那样，用小说的方式，构筑精神世界。可是，文学青年的妻子，却讽刺说，如果能像他那样，写了就发表，能成名成家，那就写。如果不能，就回家干活儿，别做什么美梦！

每当文学青年向他诉说这些的时候，他就笑笑。真的，他只能笑笑。文学是自己悟出来的，不是别人培养出来的，任何人都培养不出来作家。

倒是他觉得父亲看他的眼神有了变化。无意间，他在厕所里看到了一本杂志，上面有他发表的小说。这么说，是父亲悄悄地在厕所阅读他写的小说了！他抑制着激动，幸福地想，父亲已经承认他的努力了。真正的读者，通常就是在厕所里完成阅读的。如果有谁的小说，被拿到厕所里读，就说明小说写得好！

但他仍装作什么都不知道的样子，不问父亲。父亲也不说。好像什么都没有发生一样。就这样，他每发表一篇小说，就拿到家里来，摆在厕所里，方便父亲阅读。

他持之以恒地写作，坚持不懈地写作，先是在文坛上混熟了脸，然后，顺理成章地混成了腕。可是，成功后的迷惘却接踵而至，在所谓的创作欲望最大程度地满足后，他不知该怎样继续走下去。他发现，文坛也是个名利场，既有巨大的吸引力，也有更大的杀伤力。他原来的生活模式几乎被破坏了，而在新的模式里，他不得不对所有人抱着感恩之心。有时，他甚至产生了一种莫名的负罪感……

怎么办呢？如何让自己解脱？是用文字否定自己的生活，还是用生活否定自己的文字？在双重困境中，他痛苦极了。他发现自己成了两面派，一方面在现实中接受鲜花和掌声，一方面在创作中向灵魂磨刀霍霍！

他想到了父亲。

可是，父亲早就不读他写的那些小说了。自打他成名之后，父亲就懒得翻阅那些刊有他作品的杂志了。父亲曾这样说过他，你写的每一页，都有上一页的影子；你的每一天，都在复制自己的每一天！

他不知该怎样回答父亲。

他产生了一个很古怪的念头，希望父亲把他写的那些小说烧掉，像当年烧毁他写的日记那样，放火烧掉！

父亲却一直没那样做。

后来，父亲告诉他，其实，每次看过他写的小说，就在心里随时把它烧掉了。

听了父亲的话，他眼前燃起了熊熊烈火。

双 胞 胎

老王的闺女很争气，一口气给婆家生了对儿双胞胎孙子。老王喜不自禁，给一对儿外孙子取了名字，一个叫王安阳，一个叫王信阳。叫王安阳，是因为老王的老家在安阳；叫王信阳，是因为闺女的婆家在信阳。双胞胎不好养，老王就把王安阳留在了身边，让女婿把王信阳送到了信阳，由亲家抚养。

过了一年半载，闺女想王信阳想得要命，就把王信阳接了回来。老王也同意，双胞胎不放在一起养，长大了会不一样的。信阳那地方，老王知道，管"黄豆"不叫黄豆，叫"房豆"；管"茶水"不叫茶水，叫"茶匪"。想想看，一对双胞胎，一个安阳口音，一个信阳口音，会让人笑话的。更关键的是，老王天天都想见到两个外孙子，见不到哪一个，都会百爪挠心。

于是，就把王信阳从信阳接了回来。

于是，王安阳和王信阳就被统一到老王的麾下了，老王做上了"孩子王"。每天，老王和老伴一人扯一个外孙子，比上班都累。

一扯就是三年。

双胞胎到了四岁，该上幼儿园了，该找老师受教育了。老王一打听，每个小孩子每月要交一千多块钱，两个小孩子就是两千多块钱。这不是割肉嘛。老王想了个主意，送一个外孙子上幼儿园，另一个外孙子在家养。当然，这是表面文章。实质上，让两个外孙子轮流上幼儿园，一替一天，反正长得一模一样，老师看不出来。就像故事里的"葫芦娃娃"。这是穷人的主意。老伴儿、闺女、女婿，都是穷人的家属，没有理由不同意。

老王把两个外孙子叫到一起，告诉他们，进了幼儿园，两个人都叫王安阳。王安阳听了很高兴，王信阳却有些不高兴。老王绘声绘色地讲了"葫芦娃娃"的故事，王信阳才高高兴兴地同意了。

可幼儿园并不是好上的，交钱也未必上得成。老王挖通了园长的管道，赔着笑脸，说尽了好话。园长笑道："老王啊，听说，你会写稿？给幼儿园写篇表扬稿吧，登登报。"

老王乐不可支地照办了。三天后，幼儿园的好人好事见报了。这就是老王的本事。为了外孙子，就是凭空编，也能编出来好人好事。

王安阳和王信阳就开始轮流上幼儿园了。如老王策划的那样，真的没人看出来。两个小朋友一模一样，谁能看得出来呢？

王安阳和王信阳在幼儿园学了些本事，在家里少不了要比试。有一天，小哥俩比赛答题。老王指着一个长方形问："这是什么形？"王安阳抢答说：

"长方形！"老王又画了一个正方形问："这是什么形？"王信阳抢答说："短方形！"老王笑得喷茶，又给小哥俩出了几道算术题，结果，全都吃了老王给的"鸡蛋"。小哥俩一点都不脸红，反而争辩道："我的'鸡蛋'大！""我的'鸡蛋'，比你的大！"

老王笑不出来了，意识到双胞胎轮流上幼儿园并不是好事。

闺女和女婿也这么认为。闺女和女婿展开了行动，也不知他们通过什么关系，打通了老师的关节。正好班里有个小朋友请长假了，床铺空着。老师同情双胞胎家庭困难，同意两个孩子一块来，一个暂时不收钱，等六一搞活动的时候，让双胞胎上个节目，一定能抓观众的眼球。老师说，双胞胎拿了奖，再找园长办入园手续，说不定可得到优惠。

这个办法是有漏洞的。可大家都高兴的时候，就把漏洞疏忽了。

这个漏洞还是露出来了。有一天，幼儿园放学的时候，老王去接外孙子，只接到了一个王安阳，另一个王信阳，不知跑到哪里去了。问老师，老师说不知道，两个小孩一模一样，谁能记住哪个是哪个呢？再说了，这么多小孩子，像一群喊喊喳喳的小麻雀，老师看得过来吗？

后来，总算把王信阳找到了。原来，王信阳的爷爷从信阳过来看孙子，直接到了幼儿园。王信阳从窗户里看到爷爷，就偷偷地跑了出去。

虚惊一场。家庭会议决定，立即给双胞胎办理正规的入园手续。老王捏着表格，找到园长，要园长签字。园长矜持地说："包子露馅了？又塞进来一个？"

老王堆着笑容说："我再给幼儿园写篇表扬稿吧？"又说，"以后，幼儿园写稿，我包了。"

园长哈哈大笑，当场把字签了。

老王很是自豪。老王高兴的时候，就对两个外孙子说："姥爷我，晚年给你们当奴隶了！"

老王说的是真心话。人老了，为晚辈儿活着，才是为自己活着。

常回家看看

郭大祥的父亲瘫痪在床好多年了，大祥和几个弟妹轮流过来值夜，十分辛苦。好在白天有母亲照料，大祥兄妹才能安安生生在厂里上班。郭大妈也不想让儿女们受累，先后请过几次保姆，可没有一个干得时间长的。

这天，社区服务站又送来一个保姆，是个小伙子，姓高，家住郊区。郭大妈把他留下来了，并通知大祥兄妹，晚上不要过来值夜了。

大祥和弟妹们还是过来了。他们商量好了，每月每人给父母二百块钱，老两口的花销全都有了。过去，他们也多次商量过，要给父母拿钱，可郭大妈总是不要。现在，孩儿们再次提出给钱，郭大妈只好说："好吧，每人给一百吧，我和你爸还有退休金呢。"

保姆小高很勤快，郭大妈轻松了不少。大祥兄妹也放心了，回家来的次数相对少了。每个人都按月给父母拿钱，到发薪水的时候送过来。大祥工作太忙，他嫌每月送钱麻烦，更怕自己忘了，就索性把今年后几个月的钱都给母亲了。

一天下午，大祥的母亲忽然把电话打到了班上，要大祥晚上来家，保姆小高回家去了，没人值夜了。

晚上，大祥回家来一看，小高果然走了，大祥就陪护了父亲一夜。一夜下来，大祥昏昏沉沉的，一整天打不起精神。

后来，又有一天，大祥又被母亲喊回家来，又值了个夜班。小高又回家去了。

如此这番，大祥好几次被母亲喊回家来值班，总是因为小高请假回家。大祥有些不高兴了，心想，小高这样可不太好，有什么事，老往家跑？

小高一回来，大祥就问他，是不是家里有啥事？怎么老往家跑？小高一听就流泪了，把实话说了。原来，小高的父亲，也是个瘫痪，熬了八年了，把家里的存折都花光了。没办法，几个弟兄出外打工，小高来到了大祥家。高家的弟兄也是轮流值夜班，轮到小高了，小高就请假回去值个班，第二天早上，再从郊区赶回城里，护理大祥的父亲。

谁都没想到，小高会是这个情况。郭大妈听了，直掉眼泪："我早就看出来了，你心里有事，要不你一说回家看看，我就催着你上路，谁家没有父母？你爹也是个瘫痪，俺可不能把你拴在俺家！"小高急了："大妈，我在您家打工，有什么做不到的，您只管批评！"郭大妈说："你自己的父亲病着，却来伺候大祥的父亲，这个理咋能说得过去！"

听了母亲和小高的对话，大祥在心里暗暗自责。自从来了小高，自己回家来的次数明显少了，连每个月给父母送钱，都嫌麻烦了，把几个月的钱一次都给了。比比小高，都有个瘫痪父亲，自己可真是不如人家！孝敬父母，不在于给钱多少，在于常回家看看啊。想到这里，大祥说："小高兄弟，你是我学习的榜样。从今往后，俺还是自己护理自己的老父亲吧。你也别急，我给你找个事干，俺单位工地上缺人，你愿不愿意去？"

小高一听就乐了："大祥哥，谢谢你对俺的关照，俺愿意跟你去工地上班。家里这边有事，你可得叫我！"

打这以后，大祥和弟妹们又回家来值夜班了。他们总是哼着那首《常回家看看》，任劳任怨地照料父母。因为他们知道，父母健在一天，就是儿女最大的幸福。而父母最大的希望，是做儿女的——常回家看看！

找 生 日

蹬三轮车的小锁，很孝敬老娘，一心想给娘过一回生日，可他却不知道娘的生日是哪一天，问娘，娘怎么也不肯说！

这事就怪了，当儿子的，不知道娘的生日，还算什么孝顺？其实，这也不能怨小锁。因为娘是他从大街上捡来的。去年的一天晚上，小锁正在街上蹬三轮，看见一个老太太躺在地上奄奄一息，就送到了医院。可老太太抢救过来后，问啥，啥不知道。身上连个证件都没有！没办法，小锁只好把老太太接回了自己的家。小锁想好了，老太太没人要，咱要！小锁自幼就是个孤儿，没娘疼，没爹爱，现在，捡了个老人回来，他干脆就认了干娘！

小锁人好，命不好，前年下岗了，老婆也跟着人家跑了，没办法，蹬起了三轮车。自从捡了个娘回来，小锁更辛苦了，每天起早贪黑，两头不见太阳。娘的身体渐渐恢复了，脑子也不那么糊涂了，也知道帮着小锁做口热饭吃了。娘俩相依为命，过得还算凑合。有时候，小锁看娘的心情好，就试探着向她打听身世，提出要给娘过个生日。可娘一提起过去就流泪，更别说告诉小锁她的生日了。

说实在的，小锁很想让娘高兴起来，要不然，他不会张罗着给娘过生日。可娘总是说："孩子，娘知道你的好心！可娘忘记生日了，也就别过生日了！"听娘这么说，小锁也就不问了。娘不肯过生日，其中必有隐情。

小锁悉心照料着老娘，像亲儿子一样。每个星期，他都要抽出半天时间，蹬着三轮车，带着老娘上街散心，不是逛公园，就是观街景。这天，正碰上电视台的记者在街头采风，很自然的，就把小锁和老娘给录到镜头里了。当晚，电视台就给播放了出来。播音员说，像小锁这样孝顺老人的年轻人，真是不多见！记者还着重介绍说，小锁的老娘，并不是亲娘，是小锁在街头捡的！电视台一播，一夜之间，小锁成了名人。第二天，许多人都来到小锁家，看望老太太。

临近黄昏的时候，来了个老头，也说是来看望老太太的。小锁把老头让进了屋，老头一看见老太太就哭了起来。老太太一愣，接着便和老头抱头痛哭！老头说："老伴儿啊，我可找到你了！你怎么会来到这里！"老太太也说："老头子，你总算来了！要不是小锁救了我，我就活不成了！"两个老人呜呜地哭着，边哭边诉说缘由。原来，老太太是被自己的亲儿子给诓出来了，诓她说去杭州旅游，却在半道上把她给扔掉了！直到现在，老太太都不知道自己是在兰州还是在杭州！老头说："老伴儿呀，你既不在兰州，也不在杭州，你是在郑州！还是郑州有好心人啊！"老头说着，哭着，拉住了小锁的手："孩子，多亏了你啊！"

两个老人哭够了，哭痛快了，小锁也在一旁听明白了。去年，老两口买彩票中了头等奖，得了五百万块钱，儿女们都想瓜分。老两口不依，把钱存到银行了，存折和身份证也都藏起来了。儿女们拿不到钱，就动了歪心，想把老人逼死，然后"合理合法"地继承遗产。他们先把老太太骗上火车，丢到了郑州。他们想，老太太身上没钱，又不通语言，不饿死，也冻死，杀她不留痕迹。干掉老太太，再想法子处置老头子。可他们没看住老头，老头带上存折和身份证跑了出来，走遍四方，寻找老伴。老头找老伴儿找得苦哇，上东北，下广东，走西口，奔华东，转来转去，转到了郑州。在郑州火车站候车室，老头在电视屏幕前，观看当天新闻，没想到，居然看见了老伴儿！

小锁听完了老头的诉说，自己也已经泪流满面了。小锁擦了擦眼泪说："娘，您看，大爷来找您了，我送您二老上火车站吧！不管怎么说，还是回家好！"小锁说完，起身就要去买火车票。

老太太一把拉住小锁，哽咽着说："孩子，我不走了，我就在郑州安家了！你大爷也不走了，你改口叫爹吧，中不中？咱们一起过，先让你爹买一套宽敞的房子，再给你说个好媳妇！"

老头也连忙说："孩子，从今往后，我就给你当爹！老家那几个兔孙孩儿，斩断关系，不再认了！"

小锁急忙说:"千万别这样,我怎么能花您二老的钱!孝敬老人是应该的,我可以当您的儿子,但我还是蹬自己的三轮车!"

老太太说:"小锁,我和你爹都是实心实意的,没有半点渣子!过去,虽说你救了我,可我对你还不放心哩。你问我叫啥名字,我都没告诉你;你问我的生日,我也没告诉你。对不?!俗话说,知人知面不知心,连亲儿女都害自己的老人,何况干儿子!你也别怪罪娘!过去,娘装糊涂,那是不得已!谁让娘和你爹中奖中了五百万呢!这一年来,娘和你住在一起,看清楚了,你真是个好孩子,你有资格当娘的儿子!现在,娘就告诉你,娘的生日是哪一天。不过,娘更想在今天过生日,因为,今天,娘最高兴!"

老头也乐了,拍双手赞成:"对,我看就今天给你娘过生日!走啊,咱们上饭店!"

小锁真的不知道该说什么好了。恭敬不如从命,蹬上三轮车,拉上二位老人,奔了饭店。小锁春风满面,哼上了小调:"祝你生日快乐!祝你生日快乐!祝你生日快乐!"

其实,小锁心里有个秘密,还没和两位老人说呢。今天,也是小锁的生日。还是在孤儿院的时候,院长伯伯摸着他的脑瓜,给他找了个生日!

裁缝的目光

小张下岗在家,终日郁闷。爷爷老张说,孙子,开个缝纫店吧,饿不死你!

小张跳起来说,让我开缝纫店?开什么玩笑?谁还穿手工做的衣裳?街上到处是商场,到处是服装专卖店!饿不死我,鬼才相信!

老张笑道，让你开，你就开！你爷爷我不会看走了眼！我是让你做改制服装的生意，你懂不懂？

小张梗着脖子说，不懂！

老张循循善诱地说，现在卖的服装，都是设计师按标准制作的，你想想，世界上标准的人胚子有几个？有模有样有款有形的，早叫仪仗队和模特队收走了！剩下的，多是些歪瓜裂枣！不信，你随便从街上捞一个人，量量他的三围，看看达标不达标？！

小张若有所悟地"哦"了一声。

老张继续说，只要你开张，我保证顾客盈门！

小张亮着眼睛说，爷爷，改制服装，真的能行？

老张诡秘地笑着，我不是说了嘛，身材达标的没几个人！特别是那些穿职业装的，有几个合身的？不是像大菜包子，就是像露馅的饺子！

小张笑了，对，咱给他们整理整理，让他们穿上合身的衣裳！

说干就干，跑下来营业执照，放了两挂鞭炮，小店就开张了。

人饰衣裳马饰鞍，果真，有许多顾客上门了。他们抱着自己的衣裳，包括单位发的职业装，要求改制。小张微笑着，倾听着，记清了服装的不合适之处。还按照爷爷的嘱咐，问清了顾客的职业、职务、职称乃至工龄。顾客只要交了定金，按时来取就是了。

果然，凡是交了定金的顾客，都按时取到了满意的服装。顾客们哪里知道，有位老人在后面"垂帘听政"哩。改制服装，全是那位老先生的功劳。

小店的名气越来越大，人们都知道了，在这里可以改成合意的服装。无论谁从外面带来什么样的服装，在这里都能改得合身合体。日子久了，人们都猜测到了，小张的背后，一定有高人坐镇！

老张始终未在顾客面前露脸。每天，他只需打开一道门缝，听上几句，就能把顾客揣摩得一清二楚。无论前短后长，无论左高右低，只要他吩咐下去，绝对改制得美观到位，丝毫不带缺陷或夸张。

小张对爷爷更是佩服得没有二话。一天晚上，他给爷爷灌了二两白酒，想

从爷爷的嘴里掏出改制服装的奥秘。

　　老张笑道，也没什么奥秘。我给你讲个故事吧。从前，有个老裁缝，常到宫里去给官员做官服。老裁缝并不忙着量尺寸，而是跪下来问大人的官龄。为什么要问官龄呢？因为，他知道，初任高官的人，气盛意高，挺着肚子走路，衣服是后短前长。经过官场磨炼，心平气和了，衣服是前后一般长短。任职久了呢，内心想得就多了，免不了向前躬身，衣服就是前短后长了。在老裁缝的眼里，无论外表多么老练，内心都是难以掩饰的。老裁缝的眼光就是这么入木三分！

　　小张听了惊叹不已，连声问爷爷，这位老裁缝是谁？留没留下来姓名？

　　老张笑道，还用问嘛，就是我爷爷的爷爷的爷爷的爷爷……你的祖宗尖儿！

　　小张惊奇不已，片刻，摸着鼻子说：那我就是孙子的孙子的孙子的孙子……

睡馆的人

　　睡馆的人，就是在图书馆睡觉的人。图书馆贴出了招聘启事，要收聘一名睡馆的人。白天，在图书馆当管理员；晚上，就睡在图书馆内。体制内的管理员，养尊处优惯了，没人愿意睡在图书馆。图书馆这一行，有本事的不想干，没本事的干不了。当然了，也不是谁想在图书馆睡觉，抱着被子就能来睡的。

　　张小桥应聘了。

　　与他一同应聘的还有麦家康。

　　他们得到了属于自己的小房间。晚上，可以打地铺睡觉。小室内有书桌，墙上有书架。倒是个很不错的读书场所。这很重要。他们要读的书很多。如果借书回家去读，搬来搬去的，很不方便。秉灯夜读，是一件多么美好的事啊！

　　白天，在图书馆搞服务，是很少有闲暇读书的。图书馆免费开放后，越来越多的人，进来翻阅图书了。管理员总是忙得不可开交，只有下了班，才能静心独处。

　　张小桥和麦家康也会闲聊。聊中国古代的藏书楼，聊中外知名的图书馆。比如，宁波天一阁、牛津图书馆、北京图书馆、哈佛图书馆……聊到尽情处，就会生发感叹：书籍，是人类进步的阶梯；图书馆，是人类飞跃的头颅！

　　图书馆是个天堂，通过地毯式的阅读，他们像农夫收割一样，颗粒归仓，摘取了丰硕的果实。睡馆生涯，也使他们认识到了，自己必须认输，向历史认输，向真理认输，向大师认输，向书籍认输。

　　他们找到了通往新世界的门，对许多问题有了清醒的认识。是的，他们也为国民的阅读现状而忧虑。我国百分之四十的家庭，藏书量不到二十本，我国公共图书馆不到三千座，平均四十多万人一座；而美国平均不到三万人一座。可悲的是，我国人均图书消费量居然二十年不变！有了焦虑，就免不了要说点什么。有一天，他们找到了馆长，说出了自己的想法。他们建议馆长，可以在地铁沿线建一些流动的图书站，不需要登记，自由取阅，只要求乘客在出站口归还。

　　馆长笑笑说："上海搞过这个试验。最初的一个星期里，平均每天流失图书五百多本，高达百分之五十。后来，又运行了两个月，图书流失率下降到三成左右。"

　　"看起来流失的是图书，受伤害的却是整个社会的诚信。"张小桥说。

　　"损失是小事，阅读是大计。我们情愿图书被盗，也不该让他们锁在书库里！"麦家康说。

　　馆长意味深长地说："年轻人，仅有良好的愿望是不够的！记住，不要单纯地追求阅读率。图书馆并不需要保卫，不需要发动读者进来把书借光！表面的热闹，是不会持久的！图书馆是为需要读书的人开放的。"馆长又对他们说，"安心在图书馆睡觉吧！"

　　显然，馆长不同意他们的想法，只让他们安心睡馆。

可他们却失眠了。既然无法入睡，就睁眼讨论问题，从秦始皇焚书坑儒，说到德国法西斯全国禁书，从侵华日军掳走大量中国图书，说到民国政府向海外转移图书馆藏而最终归至台湾……

"个人读书可以充满活力，全民阅读可以使国家强盛。个人要改变命运，必须通过读书。培根说，知识就是力量。"张小桥说。

"阅读是文化寻根。阅读教育是母语教育的核心环节。民族文化的传承，有很大一部分必须依靠阅读来完成。"麦家康说。

共同的兴趣和爱好，使张小桥和麦家康成为最好的朋友。后来的某一天，他们又结伴去拜访馆长了。在他们的心里，馆长就是文化大师，就是智慧大师。他们很想听听馆长讲述过去的故事，以激励自己奋勇前行。

馆长慈祥地笑着："你们也许不知道，我也曾是睡馆一族。当年，我睡馆的时候，也苦闷过。为什么呢？因为，我对许多问题想不通！怎么办呢？我就找些图书来读。鸦片战争、太平天国、明治维新、路易十四、艺术发展……我都拿来读。不过，我是当作消遣来读的。说也奇怪，当作消遣来读，竟然过目不忘！图书是用来养心的，不是用来养眼的。阅读的关键是养心啊。"

馆长谦和地说着："读书的孤独与痛苦，其实换来的是内心的完整。睡过图书馆的人，是心神安逸的人。因为，灵魂有了休息的地方。而休息的同时，灵魂又在潜移默化地接受书籍的熏陶、浸染。"

张小桥和麦家康露出了若有所思的目光。

现在，他们还在坚持睡馆。虽然，他们各自都有女朋友了，但总要回到图书馆睡觉。说也奇怪，离开图书馆的环境，再温馨浪漫的小屋，也难以入睡。

阳 光 一 隅

一个人蹑手蹑脚地走进了图书馆。虽然,他不是蓬头垢面,但看上去衣衫不整。人们都觉得他很面熟。在哪儿见过他呢?

对,在大街上。他是个乞丐!

尽管他不事声张,尽管他藏头藏尾,人们还是把他认出来了。

没错,他就是个乞丐。文雅点儿说,是个拾荒者。

他进图书馆干什么?读书吗?真是笑话。一定是到图书馆要钱来了。现在的乞丐,和过去不一样了,不要饭,只要钱。你说你兜里没零钱,他说给整钱吧,我可以找你。啧啧,这就是现在的乞丐。时代不同了,乞丐理直气壮了。

这个乞丐却没要钱,而是从书架上抽了本书,坐到一角,默读了起来。

有人找到了图书馆馆长,要求把乞丐撵出去。

"图书馆是高雅的地方,怎能允许乞丐进来呢?"

"也许,乞丐需要精神食粮。"

"乞丐会不会顺手牵羊呢?"

"我情愿图书被盗,也不愿意没有人读书。"

"乞丐身上会不会有虱子呢?会不会将蟑螂带进来呢?"

"我无权拒绝乞丐进来读书,但其他读者可以选择离开。"

投诉者讨了个没趣,但并没有选择离开。他来到了乞丐面前,审视着对方:"你是怎么进来的?"

"从大门进来的。"乞丐抬起头来,不亢不卑地说。

"我是问你,门卫没有拦你吗?"

"拦我干什么?图书馆对所有的人免费开放。"

"你读书有什么用呢？"

"我在寻找一扇门。"

"你说什么？你想在书中找到黄金屋吗？"

"你说的不完全对。读书可以净化心灵，读书可以带来快乐，读书可以医治愚昧，读书可以拓宽视野。"

"这是乞丐说的话吗？如果，秦始皇活过来，再搞焚书坑儒，一定会把你杀掉的。"

"请你不要这么说话。告诉你，小时候，我也戴过红领巾，也有过梦想。"

"你的梦想？说说看。"

"不告诉你，我的梦想，永远在我心里。"

"真有意思。乞丐也有梦想。我看，只能是幻想。"

投诉者不屑地瞟着乞丐。围观的人，露出了复杂的笑容。

投诉者气哼哼地走了。他联络了几个同僚，以"普通读者"的名义，草拟了一份意见书，交给了馆长。

馆长看了看意见书，将乞丐喊了过去。"放心，我不会撵你走的。我们是开放的图书馆，对读者一视同仁。"馆长对乞丐说。

"我知道，您有难处。需要我做什么，您只管吩咐。"

"就算对你提个要求吧。读书之前，请把手洗干净，好吗？"

"没问题！"

第二天，乞丐带来了一块牌子，牌子上有几个字："乞丐洗手处"。乞丐把牌子放到了卫生间，洗干净了自己的手。

投诉者看到了这个细节，却不甘心。他对几个同僚耳语道："不会是图书馆在炒作吧？如果是的话，我们帮帮忙。"说完，他给电视台打了个手机，请记者过来。

乞丐看见了电视台记者，起身离开了图书馆。

"请问，你为什么来图书馆呢？你坐公交吗？你洗桑拿吗？你到电影院看大片吗？"记者穷追不舍，发出了连珠炮。

乞丐一句都没有回答，只留给摄影机一个背影。

当天晚上，电视台播出了这个背影。

人们看到了电视新闻，忍不住议论纷纷："乞丐可能是个思想家，可能本身就不是个乞丐。""也许，从前是个思想家，现在穷困潦倒了。""未必，也许是个艺术家吧，到图书馆搞行为艺术。"

乞丐却没有再到图书馆来。每天，他在大街上捡废纸，凡是有字的废纸，他都捡。捡了，认真拜读，然后，卖给废品站。不知怎么，电视台又发现了这个新闻线索，采用隐蔽拍摄，弄出了些花絮。观众们又看到了，并听到了，电视新闻的画外音是："他是个有文化的乞丐，喜爱读书，对方块字特别敬重……"

图书馆的馆长，看了电视，在大街上找到了乞丐。"你想读书，就回来吧。"

就这样，乞丐跟着馆长，回到了图书馆。每天，馆长给他安排些杂活，干完活，他就去阅览室读书看报。

电视台的记者又来了。

馆长充满深情地说："找到他的那天早晨，我发现他正在路边读报。朝阳的光辉，洒在他的脸上和肩膀上。当即，我就萌发了将他请回来的念头。"

面对电视镜头，乞丐什么都没说。

记者已经有了采访的腹稿，开头语是这样的："阅读是一扇美丽的窗口，通过它，我们可以发现生活色彩缤纷。"

盲 人 世 界

我挤着双目，戴上了墨镜。刚开始，我还不太习惯周围的黑暗。我的双臂不停地划动着，像在空气中游泳。我必须吸着气，摸索着前行，才会不撞到路

边的树。渐渐地，我适应了黑暗的路径，像鱼儿适应了海域里的礁石和险滩。

我把自己打扮成一个盲人，就是想在盲人世界里做一个与世无争的人。

进了按摩诊所，盲人老李热情地请我落座。

我问老李，收不收徒弟？收的话，我够不够格？

盲人老李的脸庞向我这边张望。只听他平静地说，你想学按摩，就留下来好了，只要你能吃苦。

我连忙表示，能吃苦，什么苦都能吃。

盲人老李也不问我为什么要来学按摩？他让我先把屋里的卫生打扫一遍，再去帮他打一桶纯净水来。我闭着眼睛，跌跌撞撞地做着这些事情，膝盖被磕得生疼。

我这副狼狈的样子，老李一点都不感到奇怪。老李用脸望着我说，一看你就没干过什么活儿。干吧，干多了，你就熟悉了。

我有几分吃惊，老李为什么说"看"呢？难道，他能看见吗？

老李让我坐到他前面的板凳上，一边为我按摩，一边讲解穴位和手法。

每天都这样，我先做些杂务活儿，然后听老李授课。

病人不是很多，因为街上的按摩店很多。闲下来的时候，老李就收听戏曲广播。那是台老式收音机，到了固定的时间，就开始咿咿呀呀地唱戏。老李侧耳倾听，十分入迷。

真没想到，老李喜欢听戏。

戏有什么好听的呢？慢腾腾的，半天唱不了一句。我们这些年轻人，多半不喜欢听戏。老李也不理我，扔下我在一旁傻坐，只顾自己听戏。

萝卜白菜，各有所爱吧。我不能干涉老李，也许，他只有这点爱好。何况，他又是我的师傅，我必须尊重他的习惯。我也很理解他，眼睛什么都看不见，不听戏听什么呢？就像歌迷舞迷球迷棋迷一样，做个戏迷，有什么不可以的呢？

我们生活在一片戏剧浸染的厚土上，身边有许多戏迷。小时候，我就听说过这样一件事，南阳出了个唱旦角的小妮儿，唱腔圆润，扮相俊美。观众中有个小伙子看戏入了迷，跟着剧团跑了。不，准确地说，是跟着小妮儿跑了。小妮儿到哪儿唱戏，小伙子就跟到哪儿，跟了好几年。后来，小伙子被他爷爷拽回了家……望着老李在戏曲的旋律中沉醉，我不禁生发感叹，人能迷住戏，戏也能迷住人！

有一天，老李听过戏后，突然对我说，我大半辈子没学会哭，可这两年，一听戏，我就想哭！

为什么呢？我问。

老李不答话。

我发现，老李的眼角挂上了泪花。盲人也流泪吗？我很吃惊。据说，南方有个剧团，有条不成文的规矩，谁倒霉了，就让他（她）唱一出苦戏，转转时运。莫非，老李的心中，也有倒不尽的苦水？

我没有问老李，怕勾起他的伤心。但我相信，老李的身上一定有故事。

我同老李讨论的话题有很多。有一个时期，我们讨论过墓地。这本身是个很有意思的话题。土地管理处一般只允许一块墓地使用五十年。五十年以后呢，骨灰该扔到哪里就扔到哪里。先死的人总要为后死的人腾地方吧？土地资源是宝贵的，怎么能让一个人永远占有一块墓地呢？有位大师，曾立下过这样的遗嘱，死后将骨灰装进盛钙片的空瓶子里，然后，抛向大海。这真是一种境界。我和老李对大师钦佩不已。我们还讨论过形形色色的葬礼。活着的人，总要搞一个仪式，人们不是要悼念死者的亡灵，而是在欢庆自己还活着。人们生活在生活里，却在计较为什么追悼会改称遗体告别仪式？

我和老李成了无话不谈的朋友。除了他经受的苦难经历，我不便和他谈论，其他的尽可以畅所欲言。有时候，我会问自己，我为什么要装扮成盲人呢？难道仅仅是为了与世无争吗？每当我审视自己的时候，总是犯糊涂。因为，我弄不清自己的心在哪里，在身体里吗？为什么看不见自己的内脏？在身体之外吗？自己的身体又怎么会知道？在眼睛里吗，为什么看不见自己的眼睛？

我想了许久。

我终于决定，要尽快离开老李。这辈子要做的事儿多了，总不能因为一棵

树而看不见一片森林吧？

那天午后，我心不在焉地陪着老李听戏。老李突然用低沉的声音说，你离开这里吧。

为什么？虽然我早有心理准备，还是忍不住叫了起来。

不要叫喊。老李昂着脸说，从你一来到我这儿，我就看出来了，你不是个盲人。你是装出来的，也仅是戴个墨镜而已。

我很吃惊。老李是怎么"看"出来的呢？

你为什么要这么做，我不管。但是，我请你离开。老李说。

我无言以对。不要说盲人什么也看不见，世界上的事，无论多复杂，也瞒不过盲人。

实话对你说，你的一切，都在我的意料之中，都是我意识到的。老李骄傲地说。

我知道，老李有很强的辨识能力。也许，"意识"是一种超越自我而存在于时空中的物质。说实在的，我和老李还没处够。真要离开他了，我竟有几分失落感。如果我离开了，再也无法感知他所经历的一切了。

但我还是对老李深鞠一躬，离开了盲人按摩诊所。

盲人的目光

盲人的目光是明亮的。朋友们不要以为我说话没谱。真的，盲人能"看见"世界。不信的话，可以随我去见见搞按摩的老杨。

老杨一听见脚步，就知道是我来了。近几天，我一直在他的按摩店做按摩。宣传部要我采访老杨的事迹，将他列为"十佳"市民候选人。不过，我不是以记者的身份来找他的，我是以病人的身份来看病的。这些年，点灯熬油写文章，我落下了颈椎病，请老杨给捏捏脖子，顺便和他聊聊天。采访的门道也就在这里了，功夫在诗外嘛。

再来找老杨，彼此已成了熟人，说话也就随意了。"昨天，交警队来找我了，让我配合一下，去十字路口拍个镜头，拿到电视台播放。"

我笑道："就是交警扶你过马路吧？怎么不找个小学生呢？"

老杨说："宣传交警嘛，小学生又不是交警。"

我哈哈大笑。不说了，这年头，大家都不容易，交警也不容易！当然，我知道，老杨是个有经验的盲人，平时过马路，不用任何人扶他。

"你能看见红绿灯吗？"我向老杨调侃。

"看不见。不过，红灯、绿灯啥时候亮，我知道。听呗，听车辆往哪边行驶。盲人嘛，主要是听。耳朵，就是盲人的眼睛。盲人没有不会过马路的，盲人知道路该怎么走。"

"说也奇怪，马路上轧死的，都不是盲人，都是眼睛好使的人。"

老杨嘿嘿地笑了。老杨告诉我，他虽然看不见，但什么事都瞒不过他。不久前，家里的电脑不能上网了。老杨给网通公司打了电话，说是"猫"坏了。维修人员上门服务，见到盲人老杨很惊奇。问他怎么知道"猫"坏了？老杨说，好"猫"灯亮，灯不亮，不是"猫"坏了吗？老杨又说，是老婆告诉他灯不亮的，老婆并不知道该不该灯亮。

我大笑。谁说盲人看不见？盲人是心明眼亮的。

我换个话题说："老杨，我请教您一个问题。为什么吸烟的人，明知道对身体有害，可还是要吸烟，就是戒不了。是不是可以说，吸烟也有好处呢？比如，激发创造力？产生亲和力？至少，也有王者风范啊。"

老杨驳斥我说："吸烟没有任何好处！有什么创造力？如果说有的话，那也是歪点子。亲和力，更是无稽之谈，临死拉个垫背的。至于王者风范嘛，免谈。你看见过骷髅吗？那就是吸烟者的下场。美国的烟盒上都印着骷髅，就是

提醒人们不要吸烟。吸烟，害人又害己！"

我赞同地说："我真倒霉，每天，要吸很多二手烟！"

老杨叹了口气："那就是你的悲哀了。也许，你不吸烟，显得很不合群吧？"

我真佩服老杨。他虽然眼睛看不见，可世事洞察。不过，我还是嘴硬地说："我只能保持清高了！"

老杨不说话了，狠狠地压着我后脖子上的穴位。过了片刻，他松开手说："好了，休息一下吧，我打个电话。"

老杨摸到电话机旁，很熟练地按着数字键盘。盲人打电话，并不奇怪，熟能生巧嘛。早年我当兵的时候，练习夜战，常常蒙上眼睛，也是这个道理。因为，心里有一套路数，总能抵达目的。关键是要心静。心静，才会掌握细节，而盲人是通过细节来把握世界的。

老杨的电话没打通。"一个朋友，也是干我们这行的。他到加拿大搞按摩去了。前几年，总是来电话，叫我过去一起干。可现在，我真想去了，却联系不上了。知道我想去，人家再也不来电话了。"

"人心隔肚皮嘛。"

"目光有时候是桥梁，有时候又能把人隔断。"

我笑了，老杨说得很哲理啊。我正想说几句安慰他的话，门外来了一群人。这群人一进来，就把喧闹、热烈的气氛带进来了。"老杨，听说你当十佳候选人了，祝贺你啊！我们都是你的粉丝，一定投你一票！"

老杨笑道："谢谢你们，但我提醒你们，无论是用电脑投票，还是用手机投票，或是填写选票，每人只能投我一票，不许多投！"

"老杨，你真诚实啊！听说，有人为了当十佳，动员了一千多台电脑、三千多部手机，而且，买通了投票公司，让机器反复投票！"

老杨平静地说："通往真相的道路，只有一条。"

按摩店静了下来，很静很静。

盲者无疆啊。我的心中豁然明亮，知道采访稿该如何动笔了。

非盲人

盲人老李对盲人老周说："我从广播里听见，盲人机构要招收一名公务员，要求五官端正！"

老周笑道："这事儿真荒诞，盲人机构招人，不招盲人，而招非盲人！"

老李叹口气说："荒诞的事儿多了，你就是虚构，也赶不上现实中荒诞的速度！"

老周无奈地说："到我们医院看看，哪里还是盲人按摩医院？这科室那部门的，非盲人比盲人都多！"

两个盲人在马路上走着，用竹竿探索着路面。他们是盲人按摩医院的医生，每天结着伴儿下班，彼此也算有个照应。没办法，马路上车多人多，盲道成了停车场，或小商贩的经营店。

老李突然说："小黄很长时间没来了，不知干什么去了？"

老周答道："问他干什么？他需要做按摩，自然就会上医院来了。"

老李说："我是说这孩子脑瓜活，他若是学按摩，准行！"

老周笑了："他学按摩？他下苦力？他能干？人家不是盲人，是非盲人，是大学毕业生！"

两个盲人就这么一句一句地扯着，扯到哪儿算哪儿，都是社会新闻，有的是从广播里听见的，有的是病号随口传播的。

他们也没想到，小黄竟来找他们了。小黄说，我今天不是来做按摩的，是来做观摩的。这让两个盲人医生没听懂，不知他是什么意思，也不便插言，听小黄说，前一段时间，他在家复习，准备考公务员。小黄闲聊了一会儿就走了，走的时候，哼起了小调。

几天后，院长领着小黄来了。当然，院长也是个非盲人。院长说："局里招收了一名公务员，分到我们医院实习来了。"又把小黄推到前面："你们也认识，叫他小黄好了。跟你们半个月吧，好好带带他！"

老李低着头，没说话。

老周扬着脸，也没说话。

其实，不需要他们说话。不管他们说不说话，院长把小黄领来了，没谁能把小黄轰出去。

院长说完就走了，留下了小黄。

小黄诚恳地说："李老师好！周老师好！从今天起，我就跟着二位老师实习，请多关照！"

老李说："小黄啊，你考上公务员了，好啊。"

老周说："你一定是个五官端正的人，不然的话，不会录取你！"

小黄笑道："正好有个机会，盲人机构招人，我就报名了！"

老李说："你是个非盲人，到盲人堆儿里凑什么热闹？"

老周说："你应该了解盲人，盲人很不容易！"

小黄口齿伶俐地说："别看我是非盲人，但我就是偏爱盲人的工作。我到盲人机构来，就是为盲人服务的。"小黄掏出一副墨镜，戴到了脸上，又说："从现在起，我就是盲人队伍中的一员了！"

老李猜到小黄戴上了墨镜，老周也猜到小黄戴上了墨镜。他们知道小黄了解盲人医生的规矩，盲人医生，是带着墨镜工作的。

就这样，非盲人小黄，端上了盲人的饭碗，在老李、老周的身边实习了半个月。小黄主要是看盲人医生怎么干活儿，并不动手劳动。当然，老李和老周心里也有数，知道小黄现在已经不是普通的病号了，是盲人机构的公务员了，将来，当个院长，管理盲人按摩医院，也是有可能的。

老李和老周这个思想状态，小黄察觉到了。他们不像从前那样热情了，不像从前那样春天般温暖了。小黄认为，老李和老周不应该这样，别说我到盲人机构当公务员了，别人来不也一样吗？你们对我热情了，将来，我可以关照你们呢。再说了，哪个盲人机构不是非盲人在管理呢？就算是残联，也是健全人在管理呀。非盲人管理盲人，天经地义，而且，管理得特别有秩序，这是有目共睹的事实呀。

小黄心安理得。他相信要不了多久，自己作为盲人机构的公务员，一定会摸索出一套行之有效的管理方法。

想不到，盲人机构改革了，老李和老周提前内退了。内退后，他们不可能闲着，联手开办了一家盲人按摩诊所。人们都知道老李和老周手艺精，做了几十年按摩了，有经验。所以，诊所的生意特别好。

小黄经常以一名普通患者的身份，到诊所来做按摩。不管是老李还是老周，给小黄治疗时，特别专注，按住小黄的穴位，常常把小黄弄得龇牙咧嘴。

离开诊所的时候，小黄一身轻松。

唱歌的门卫

门卫老高，喜欢唱歌。每天，只要他当班，准能听见他那雄浑的男中音："世界是你们的，也是我们的。但是归根结底是你们的。你们青年人，朝气蓬勃，正在兴旺时期，好像早晨八九点钟的太阳！希望——寄托在你们身上！寄托在你们身上！"

听他唱歌，我们都会受到鼓舞，精神饱满地进入全天的工作。

偶尔，我们外出办事，也会在门口遇见老高，听见他在唱歌："革命人永远是年轻，它好比大松树冬夏常青！它不怕风吹雨打，它不怕天寒地冻，它不摇也不动，永远挺立在山岭……"

听到这样的歌声，我们便精神抖擞地行进在宽广的大路上，满怀信心地把要办的事情办好，争取马到成功！

是的，下班的时候，我们也会听到老高的歌声："送君送到大路旁，君的恩情永不忘！农友乡亲心里亮，隔山隔水隔永相望……"

老高这人真有意思。

当然，也有老高不唱歌的时候。这时候，他会立在门口，笑眯眯地同每一个进来出去的人打招呼，或聊上一两句。不过，多数时候，他伏在桌子上看书报。一边随意浏览，一边低声吟唱。他的眼睛没闲着，嘴巴也没闲着，轻声哼唱着谁都能听懂的旋律。

老高真是个快乐的人。

而且，是个热爱生活的人。

看他那身打扮吧，头发梳理得一丝不苟，穿着西装，打着领带，皮鞋锃亮，像个文化工作者。

一个门卫，有必要打扮得这么庄重吗？

但是，我们不能问他。怎么问呢？难道门卫就不该打扮入时吗？

我们单位的大门，没有请保安公司的保安，而是聘请老高等三人照看。我们从未感觉有什么不妥。他们不但看大门，而且还要发报纸，还要照管寄放在大厅里的东西，包括过节发的福利。

说实在的，老高来当门卫，真有些屈才了。有一天，我问老高："您从前是搞文艺的吧？"

"哪里呀，我就是喜欢唱歌！"

"业余歌手？您唱歌真好听！"

"承蒙夸奖！"

"大合唱，您参加吗？"

"那都是从前了。好汉不提当年勇了。"

"听了您的歌声，真受鼓舞！谢谢您，用歌声给我们带来了好心情！"

"真的吗？"老高兴奋起来了，从桌斗里摸出一本歌谱。我随手翻了翻，都是从前那种激情饱满的老歌。现在，这样的老歌不多见了，大多是软绵绵的曲调，听上去就是靡靡之音。

老高又摸出一本《青年歌声》让我看。老高说："这上面都是新歌！我要学会唱新歌。不然的话，听众们就会觉得没意思，不来劲！"

我呵呵地笑了起来。

老高说得对。他唱的那些老歌，也许只有我们这个年龄段的人才喜欢。

但我没想到，好几天没见到老高了。一打听，才知道他住院了。什么病？抑郁症！

老高怎么会得抑郁症？我怎么都不相信。他是个快乐的人呀。他抑郁什么呢？

我决定去医院看看老高。

老高正在病榻上看书。

"看什么书呢？这么认真？"我笑道。

老高一看是我，开口说："《青年歌声》啊。你说，我怎么就学不会现代流行歌曲呢？"

"您还是爱唱歌！"我不由得赞佩说。

老高叹了口气："和你实说吧，我心里孤独，才唱歌的！您不知道，门卫的工作，多么孤独！"

我"哦"了一声，像不认识似的打量着老高。

"看着你们天天高高兴兴地上班，我心里抑郁！"

"您不也在上班吗？您为我们看守大门。"

"问题就在这里。你们体面地上班，我为了你们的体面而看守大门。"说着，老高深情而忧郁地唱了起来："我不知道，你是谁？我却知道，你为了谁。为了谁？为了秋的收获，为了春回大雁归，望断天涯，不知战友何时回……"

我知道，老高是随意吟唱的，但我还是随着他哼了起来。这支1998年抗洪救灾最受欢迎的歌曲，至今，动人心魄。

老高的神色很认真，不断地指出我唱跑了调，高音上不去，低音下不来。

我故作谦虚地说："水往低处流，我是一滴水哦。"

老高似有所悟，沉思片刻说："其实，我们都是大海里的一滴水。汇入大海，就是波浪；滴入尘埃，顷刻皆无！"

我无言以对，只是默默地注视着老高。许久，我才说出一些安慰他的话来。

老高出院后，再没到我们单位看大门。听说，他每天乘公共汽车周游我们这个城市，从这头坐到那头，一天好几趟。而且，他还情不自禁地在车上唱歌，感染着许多人。

大刀刮脸

李大刀的铺子在村东头，门口竖着一块"大刀刮脸"的牌子。可他并不在铺子里给人刮脸。谁想刮脸了，就去铺子里喊他。他拎上刀片就走，另一只手提着磨刀石。

到了谁家，谁都要先请他喝茶，吃烙馍。吃饱了，喝足了，他才开始给人家刮脸。当然，是先剃头。剃完了头，再刮脸。他的技术很娴熟，好像随手摸一摸，人家的头发就全掉了。刮脸呢，就更神奇了。被刮的人，只需要闭上眼睛，轻轻哼哼，胡须就刮干净了，清清爽爽，像个新郎。

当然，能享受大刀刮脸的，全是大人们的事。小孩子是没有这个福分的。小孩子只有长大成人后，才能像模像样地被李大刀刮一刮。毕竟，小孩子是不需要刮脸的。小孩子的毛还没长全呢，哪能用得上李大刀呢？

小孩子的头发长了怎么办呢？通常是由孩子娘给剃头，通常要被剃成"锅盖"。孩子的娘一般很紧张，紧张是因为不熟练。孩子被按在椅子上，总是又哭又嚎。孩子一哭闹，就会乱动，当娘的就会更紧张，就会把头皮剃烂。头皮一烂，孩子疼痛难忍，就杀猪般地号叫。娘就会抓点头屑，敷在被剃烂的头皮上，轻轻地用嘴吹吹，哄着孩子说，不疼不疼。然后，娘再接着剃头。如果，孩子还在哭闹，娘就不用刀子了，就用剪子剪。剪过的头发，长短不均，一道黑一道白，像春天里剪过的绵羊。好在，小孩子的头，由自己的娘来剃，谁也用不着笑话谁。小孩子都记得，让娘剃头，是一件很痛苦的事。

小孩子就盼着自己长大，跨入大小伙子的行列，好请李大刀刮脸。无论谁家的孩子，都见过自己的父亲及长大了的哥哥，把李大刀喊来，请他给刮脸。被李大刀刮脸的人，总是有一种纯爷们的气概。

孩子们一天天长大了，却没捞上被李大刀刮脸的机会。因为，李大刀老了，拿不动刀片了。

后来，李大刀死了。

男人们总不能不刮脸啊。有一天，赵二站了出来。赵二说他会使刀子。有人笑了，笑着摇摇头，去了城里，寻国营的理发店去了。

总还是有人相信赵二，相信他会使刀片。李大刀死的时候，把刀片传给了他。不但把刀片给了他，铺子也给了他。不知赵二是怎么练的，兴许剃过许多猪毛或羊毛，反正，他接手后，没将谁的头皮刮烂。当然，也不需要将头屑按在人家的脑袋上。

赵二和李大刀不同，他不要人家上门来请，他谁家都不去，不喝人家的茶，也不吃人家的烙馍。来刮脸的人，只需要推门进来就可以了。赵二一边给人刮脸，一边和人聊天，上下几千年，什么都聊。有时候，赵二还给人家煮茶喝，端烙馍吃，让人家吃了喝了再走。

有一年夏天，赵二给所有的老人都刮了脸，自己的脸却没人给刮。怎么办呢？只见他拿出了两面镜子，一面放前，一面放后，对着镜子，给自己刮了起来。人们围着他看，手里捏着一些发屑。一旦赵二把自己的头皮刮烂了，就把发屑按到他脑壳上，给他止血。

赵二却未失手。他没有把自己的头皮刮破，头和脸刮得干干净净。

赵二的老伴儿没了，是他自己将三个孩子拉扯大的。三个孩子如今都在城里，忙得很，平日很少回家来。只有过年时，他们才都回来。似乎约好了的，孩子们回来时，留着厚厚的头发和胡须，让爹给刮。然后，相互厮跟着，去娘的坟上，烧纸磕头。

赵二的刮脸技术，是拿孩子的脑瓜练成的。

|博客里的对话|

他虽然满脸横肉，却是个博客红人。他的博客点击率很高，总是有人加他为"好友"，给他悄悄递"纸条"。其中，不乏各行各业的职业女性。从博客里的照片看，有的婀娜多姿，有的风韵犹存。当然，这些职业女性，有一个共同的特点，都喜欢穿各式各样的花色衣裳。而只有名叫"萍水相逢"的那个女人，穿一身警服，显得威武、漂亮。

他却不喜欢这张照片。

他很认真地在"纸条"里对"萍水相逢"说："你不要穿警服了，换一身衣裳吧！"

"萍水相逢"竟很听话，马上把警服换掉了，换成了连衣裙，呈现出另一种成熟的魅力。

"看到你的新形象，我感到很温馨。"他发"纸条"给她。

"看你凶神恶煞的样子，像个罪犯！一定被我公安机关打击过吧？！"她回复说。

"你能肯定吗？"他又发"纸条"给她。

"你至少被公安机关打击过三次！"她回复说。

"算你眼毒！看得真准！你知道，这意味着什么吗？"他在"纸条"里说。

"让你脱胎换骨，重新做人！"她回复说。

"呵呵。我不能看见身穿警服的人。一看见警察，我就头晕！"他在"纸条"里说。

"哈哈哈哈……"她发出了一串大笑。

她欣赏他的诚实，觉得男人就该是这样。每天，她都要到他的博客里看看，看看他又写了什么东西，给没给自己留下"纸条"。她很不解的是，这样一个被公安机关打击过的人，怎么会在博客里与警察对答如流？

他却好多天没在博客里晃脸了。也不知忙什么去了，顾不上打理自己的博客。

一天晚上，她接到了紧急命令，火速赶往南方某市，侦破一起重案。

案子比她想象的要复杂。好在有当地公安机关的配合，最终还是铐住了犯罪嫌疑人。当她铐住犯罪嫌疑人的那一刻，禁不住一愣：怎么？是他！

他也认出来了"萍水相逢"。没想到给自己戴上手铐的是她。他的全身都在发抖。但肯定不是因为被抓，而是因为抓他的是她。

他拒绝开口说话。

"怎样让他开口呢？"负责审讯的警察问她。

她坦率地说："我知道他，我在博客里被他加过'好友'，我和他互相发过纸条。"又说，"给他弄一台电脑吧，让他进入网络。"

负责审讯的警察很惊讶。这不荒唐吗？自己的战友，怎么能被犯罪嫌疑人加过"好友"呢？

"萍水相逢"的意思很明白，她要用博客与犯罪嫌疑人对话。

很快，两台电脑被调了过来。她一台，犯罪嫌疑人一台。

于是，她和他，坐在了不同的屋子里，坐在了不同的电脑前，开始了下面的对话：

"恭喜你，中奖了！"她首先发了个"纸条"给他。

"真没想到，为我颁奖的是你！"他已被打开手铐，熟练地握住了鼠标。

"说说看，你获奖的理由？"

"有什么好说的？你宣读颁奖词吧！"

"你不过是个获奖专业户，有什么值得骄傲的呢？"

"真不好意思，被你表扬了！不过，能被你表扬，也是我的荣幸！令我感动的是，是你为我戴上了手表（铐）！"

"你知道吗？我们已经盯你很长时间了。这副手表（铐）就是专门为你准备的。早晚你都得戴呀。早被抓早安生，早坦白早轻松！"

"你真风趣，我愿意对你说出一切。但我有个请求，你能脱掉警服吗？我只想对不穿警服的女人说出一切。"

"这可由不得你。你知道你现在的身份吗？"

"知道，我是犯罪嫌疑人。"

"知道就好。你没有讨价还价的资格。"

"可是……"

"可是什么？"

"我能叫你一声姐姐吗？"

"当然。"

"姐姐！"他在键盘上敲出了"姐姐"。然后，趴在电脑桌上哭了起来。

身边的警察把他拉了起来。

他伸出双手，让警察给自己戴上了手铐。

"萍水相逢"从对面的房间里走了出来，一身警服，英姿飒爽。

他低下头，随着她，走进了审讯室。

雨中的事情

我是个爱伤感的人，特别喜欢下雨。每当春雨潇潇或秋雨绵绵的时候，我就变得无比伤感。我穿越在绵绵不绝的雨帘中，任由神思之箭遐飞。

是的，有一个人，总是在雨中出现在我的面前。

我曾经坐上火车，坐了很长很长时间，跑去看她。我出发的时候，这边正在下雨，抵达的时候，那边也在下雨，雨水将她那座城市的街道洗刷得洁亮无比。

我打电话给她，报告了我抵达的喜讯，我知道，她会很高兴的。果然，她在电话中笑了，笑得又香又甜。她语重心长地告诉我，晚上不要乱跑，明天她过来看我。

看来，她成心要憋我一个晚上了，小雨淅淅沥沥下个不停，我成了一只伤感的山羊。

我哪会完全听她的话呢。我打着雨伞上街了，故意把街道上的雨坑踩得水珠飞溅。雨中的霓虹灯格外鲜亮，照耀着我这只四处横行的螃蟹。

第二天，雨过天晴，她打着一顶花伞来了。我笑她这么煞有介事。她说，这座城市，几乎每天都可能下雨，而不下雨的时候，太阳又特别毒，所以人们出门总要带把伞。她说着说着，竟将我拉进了伞里。

站在她的花伞里，我差点儿晕过去。我的手心咕嘟咕嘟直冒热汗。我心慌意乱地从花伞里逃出去了。

她灿烂地笑着，一个人走在花伞的阴凉里。她那双乳白色的高跟皮鞋，嘎嘎地敲击城市的路面，演奏出优雅的小白兔进行曲。

我们沿着城市的经纬线前进，把许多话儿说给路边的大树听。

我们坐在河边的草坪上，告诉河里的小鱼，不要将我们的微笑偷走。

不知什么时候，她的花伞已经收起来了。我们俩走在太阳下面，变成了热

气腾腾的油画。

她指着花鸟市场对我说，让我们去那里看看吧。这个建议好极了。花的海洋，鸟的世界，多么优美的情调啊。于是，我的黑皮鞋和她的白皮鞋并列着，以4/4的节拍，舒缓地踱向花鸟市场。

她问我是不是饿了？还没等我回答，她已经跑去买来了一只鸡腿。如果她不说这是鸡腿，我会以为那是天鹅腿，它太粗太大了。她固执地要我承包鸡腿，谢绝分享鸡肉的芳香。她一再问我味道怎样，我说，这绝对是养鸡场的鸡，养鸡场的鸡，没机会谈恋爱。没有爱情的滋润，你说它能香到哪里去？

她在一边笑弯了腰。

我问她吃点什么，喜欢吃什么，我去买。她说她喜欢吃金黄色的煮玉米，一穗就够。于是，我们的四只眼球就开始四处寻找煮玉米了。

我们从花鸟市场出来的时候，果然发现了煮玉米。

她一粒一粒吃着煮玉米，吃得真香啊，我在一边为她撑着花伞。果然如她所说，今天有雨，雨已经下起来了。

她那穗煮玉米吃了很长很长时间，大约是一分钟吃一粒。我不知道一穗玉米有多少粒，我希望它能有九千九百九十九粒。

因为我知道，她吃完玉米之时，就是我们分手之刻。她该回她的家去了。我该回我的宾馆。

她的玉米终究要吃完的。

雨帘终于将我们分隔了。

烟雨蒙蒙，我跨过千山万水，返回了我的北方城市。心雨飘飘，列车穿行在我身体的隧道中，将每一寸血管扩张成红色的渠道。

这件事过去许久了，我很奇怪，为什么阳光灿烂的日子，我会将她忘得一干二净。只有飘雨的时候，我才会想起她，而且又是那样深刻。

是的，每当下雨的时候，我就想给她打一个电话，可是，我忍住不打。越忍，似乎越有滋味呢。我们每年才通一次电话。我们在电话里大笑一通，然后，共同预祝六一儿童节愉快。

一棵树向我走来

一个很偶然的机会，我认识了那个女孩。

那天，我们去郊外植树。人很多，有些人我认识，有些人我不认识。这个女孩，我就不认识。可她却偏偏挨着我，植下了一棵小树。

我栽的小树和她栽的小树，紧挨着。这样，我就不免多看了她几眼。能认识她，是一件再自然不过的事情了。

我是个很有责任心的人，亲手栽下的小树，我不能不管，因为小树好比我的孩子，让我心疼，让我挂牵。我就在一个风雨交加的早晨，去了郊外。一到那儿，我就看见那个女孩，撑一把红伞，也来照看小树了。我们俩相视一笑，算是打了招呼。她那雪白的牙齿，非常好看，她真该去拍牙膏广告。

风雨吹歪了她的小树，也吹歪了我的小树。我很快就帮她扶正了她的小树，她也帮我扶正了我的小树。然后，我们又互相帮助着，将所有的小树都扶正了。

和她在一起劳动，真的很愉快。

以后，我经常去给小树浇水。是的，我会顺便给她那棵小树浇水。我的树根和她的树根总是那么松软和湿润。不用说，她也时常来给小树浇水，也顺便浇灌了我的小树。

很自然的，我就想知道她的名字了。

在一次共同给小树浇水之后，我请她去喝了咖啡。然后，我就去了她的小屋。她的小屋布置得十分温馨。可她并没有在温馨的小屋中讲自己的故事。我请教她的芳名，她却说没必要告诉我。

她在我面前矜持着。我也只好矜持着。我们互相矜持着，似乎也挺好。

郊外的小树林，是个很好的约会的地方。我们不曾相约，却总是不约而同来到这里。理由很充分，照看我们的小树。

小树一天天长大了，枝繁叶茂。

我曾经把她想象成一棵小树。树根是她的脚趾，树枝是她的手臂，树冠则是她飘飘的秀发。我的脑子里，还经常浮现这样的画面：两棵小树的树叶，互相摩擦着，像男孩牵着女孩的手。

我想我应该鼓足勇气了。既然两棵小树肩并肩栽到了一起，这就是我的理由。

可她还是没告诉我她的名字。那天，给小树浇过水后，她突然问我，愿意不愿意和她到南方去？如果愿意的话，她就告诉我她的名字。可还没等我回答呢，她马上改口说，知道我肯定不会和她去南方。

她告诉我，她就要走了，到南方去。她说她已经到过许多地方了，每到一个地方，都要栽下一棵小树。等小树长大了，她就离开，再到另一个地方去。

她就这么走了，连名字都没留下。她走了以后，就由我照看她那棵小树了。

我真的不知道她的名字，也不知道她的故事。我只能告诉大家，有这么一个女孩，在我们这个城市的郊外，栽下了一棵小树。

|永远的苹果|

我在京城举目无亲。小偷顺手牵羊，牵走了我的羊皮钱包。我一筹莫展，孤零零地行走在北京街头。

突然，我看见一家报社的牌子。我想起来前不久我在这家报纸上发表了一篇稿子，但尚未收到稿费。

我挠了挠脚心，把自己搞笑了。我扬起灿烂的脸孔，走进了报社。

没想到这家报社这么简陋。编辑们都在忙着，没人在意我的到来。好在我手里捏着一张工作证，能够说明我的身份。

接待我的是通联部主任。她是个大眼睛姑娘，穿白衣服，皮肤也白。看见这样美丽的姑娘，很容易使人想到绿色的春天。

她告诉我她叫肖明。

肖明很快就查到了稿签和稿费单底联。令我失望的是，我的五十元稿费，已经在昨天汇往我的单位了。也就是说，我白欢喜了一场。

这时候，我听见我的肚子叽叽咕咕地叫了。

我只好卸下男子汉的脸面，告诉肖明，我身无分文了。

听了我的讲述，肖明把手上的关节掰得嘎巴嘎巴响。

接下来的事情就简单了。肖明为我拨通了单位的电话。我立即向单位申请了电汇。我语无伦次的样子，令肖明忍俊不禁。

她问我能不能把这次的遭遇写成稿子？

我说能，当然能。我就当着肖明的面，挥就了一篇杂文。肖明一看，当场就说了OK。她拿出一百块钱说：这是您的稿费，预支的。

可以想象，我接钱的时候，整个人都像一朵葵花似的，对着太阳怒放了。

我更没想到，肖明又拿出一个大苹果，递给了我，叫我喂肚子。

这个苹果真红真大啊。

我怎么好意思吃人家的苹果呢？更何况，肖明只拿出来一个苹果，也许，她这儿只有一个苹果了。

肖明见我不吃，就笑道：怎么，是不是不会削皮呀？

我的脸窘得像一个红苹果。

我知道，这个苹果，注定该我吃了。我将苹果吃得轰轰烈烈，连苹果皮带苹果核都被我榨干了汁儿。

肖明带着矜持的微笑，观赏着我的吃相。

我敢断定，吃苹果的我，毫无绅士风度，一定像个可爱的孩子。

从北京回来后，我的办公桌上，就开始摆放苹果了。凡是值得我帮助的人，我一定要请他（她）吃一个苹果。

也许你不信，只要我去找那些我帮助过的人，总能在他们那里看见红艳艳的大苹果。

是的，我常看见一些人在吃苹果。

当然了，我走到哪里，都有苹果吃。

傻瓜时代的隐忧

人类早已进入了傻瓜时代。傻瓜照相机、傻瓜洗衣机、傻瓜电冰箱、傻瓜电视机、傻瓜汽车……都发明出来了。就连用电脑制作的特效，也有了傻瓜模式。其实，这也不值得大惊小怪，毕竟，我们已经生活在3D世界里了。

马教授却不这么认为。这不是鼓励"衣来伸手、饭来张口"吗？这不是为懒人创造条件吗？不劳动了，都变成傻瓜了，一切傻瓜化的结果是什么？人类将来不会走路了怎么办？大家都成了植物人怎么办？

许多人不同意马教授的观点。科技日新月异，人类已经登上月球，多种物源正在被发现，有什么可担心的呢？

马教授严肃地指出，傻瓜模式的出现，将培养大批不肯动脑子的傻瓜，这对于那些苦苦钻研技术的人，是天大的不公！

人们笑道，这有什么办法，这就是科技创新的代价！

马教授尖锐地批评说，我们的科技，为什么要为懒汉服务？那些傻吃闷睡的人，为什么大行其道？

人们反驳说，科技进步不可抗拒，让生活更便利些，难道有错吗？

马教授忧心忡忡地说，地球上已经有五十亿人口了，越来越多的人失业了，科技总不能夺走人们的饭碗吧？

反驳他的人耸耸肩，什么都不说了。在老资格的马教授面前，是不好多说什么的。可是，人们却在背地里说，一切傻瓜化，不都得指头按一下吗？这不是劳动吗？

马教授听不见人们的议论，他休假了。

马教授去了乡下，乡下有他的父老乡亲，也有他就读小学的母校。

师生们热情欢迎了他，欢迎他来到母校。

马教授没给贫穷的母校带来电脑，而是向母校赠送了几十把算盘。

师生很惊讶。要这么多算盘干什么？难道让学生们学习打算盘吗？须知，城里的孩子们，早就用上电脑了。

马教授微笑着说，请你们不要误会。我就是担心，下一代只会电脑，人就废了呀。城里的孩子们，有几个会打算盘的？更不要说心算或口算了。没有电脑，也要用计算器。否则的话，他们就不知道一加一等于二！我说的话，不骗你们，你们到城里的银行、邮局看看就知道了。

老师笑了，学生们也笑了。

接下来，马教授开始教学生们打算盘。一上一、二上二，三上三……三下五去二、四下五去一……一上四去五……七退一还三……六退一还五去一……

先让学生们背口诀，背会了口诀，算盘珠子就拨起来了，拨得噼里啪啦响，如同悦耳的韶乐。

许多学生都学会了打算盘。

马教授休假期满了。离开母校的时候，马教授对学生们说，记住，会打算盘，就会养活自己。又说，将来，你们肯定要用到电脑，因为，电脑可以取代人类做很多事情。但无论做什么，都要记住，不能成为懒人！

后来，有的学生，从母校考入了马教授所在的大学。上课的时候，他们很

快就认出了马教授。

马教授却没有认出他们来。

大学生们很喜欢上马教授的课。他引经据典，妙语连珠，将学生们引入了另一世界。特别是他朗诵唐宋古诗词时，总要声情并茂地抒发一段豪情。然后，他要求所有的学生，把他讲过的唐诗宋词默写几遍，直至倒背如流。

大学生们在背地里说，真是奇怪，这不是将我们当作小学生吗？

奇怪的事还在后面。有一天，马教授突然拿来几支毛笔和一些纸、墨，要求学生写个毛笔字给他看看。

学生们面面相觑。没有一个人敢在马教授面前写字，掂着毛笔写大字。

马教授提起毛笔来，也不蘸墨，而是在桶里蘸了水，便在黑板上刷刷地写起大字来。写得龙飞凤舞，字迹遒劲。

写的是唐诗宋词。

后来，他与学生们聊天。学生们问到他会不会上网？会不会用电脑？

他面红耳赤。

沉思片刻，马教授对学生们说，这是个多么荒诞的话题！大学老师，怎么不会上网呢？不过，我在想，你们为什么会向我提出这个问题呢？

回到家里，马教授喜欢闭目返思。真的，对家里的一切，他似乎无话可说。因为，家里全是傻瓜电器，儿子把家里搞成了"傻瓜"世界。而退休的妻子，则对所有的傻瓜电器乐此不疲。

儿子是专门开发傻瓜软件的工程师。儿子曾经嘲笑说，昔日的大师已经沦为今天的平民了，而且，将来会成为文盲。

我是平民吗？我是文盲吗？马教授一遍遍问自己。

马教授知道，有的事，不需要争，只需要时间，出水才看两腿泥呢。

与飞机合影

老吴在职的时候，厂长恩准他坐一次飞机，给报销机票。老吴和老林一块去昆明，出的是闲差。可是，没有人给老林报销机票，俩人都坐飞机去，这事就不好办了。为了照顾老林，老吴就放弃了坐飞机，与老林搭着伴儿，坐火车去、坐火车回了。

老林感到很不好意思，反复做检讨，说自己影响了老吴坐飞机，影响了老吴享受待遇。

老吴笑笑说："毛主席就不坐飞机。我要向毛主席学习，也不坐飞机。"

老林说："你向毛主席学习，我就更感到对不起你了。"又说，"不过，我得纠正你，毛主席也不是没坐过飞机，只是尽量不坐飞机。"

老吴笑道："美国总统和毛主席就不一样，蹿到哪儿，都要坐飞机，坐空军一号。出国访问的时候，还带着全套家伙！"

老林说："那是为了方便工作。"

老吴瞪着眼睛说："啥方便？美国是想当世界警察！"

老林哈哈大笑，举起拳头说："打倒美帝国主义，美帝是只纸老虎！"

生动的口号一喊，老吴也随之哈哈大笑。笑毕，老林安慰老吴说："你和厂长混得美，以后，还有机会坐飞机！"

老吴淡淡地说："以后再说吧。"

以后却再也没有机会了。换厂长了。新厂长按规矩办事，不但不让老吴坐飞机，连火车也不让坐了。新厂长不让任何人乱花公家的钱，假借"出差"的名义，到处旅游。

老林呢，情况就不一样了。老林的工厂，效益很好，一俊遮百丑了。老林

是个能人，三蹿两蹿，竟蹿成副处级了，不但有资格坐飞机了，而且还坐了好几次，先后飞过乌鲁木齐、上海、深圳、广州。当然，老林也没忘记老吴，每次坐飞机回来，都要向老吴汇报，给老吴捎些土特产。还给老吴捎过飞机上的盒饭，说是飞机上发的，没舍得吃，请老吴尝一尝"空中食品"。

老吴很羡慕老林，就悉心听取老林介绍情况，以获取航天常识。"坐飞机和坐火车不一样，真的，好些方面都不一样。啥时间，你坐一次飞机就知道了，真是美得很呢！"老林总是忍不住炫耀。

当然，老林也不便于多说，避免过分刺激老吴。

老吴充满憧憬地说："以后，会有条件的，我会坐上飞机的！"

可是，直到老吴退休，他都没花上公家的钱，坐一次飞机。每逢，飞机从头顶掠过，老吴都要手搭凉棚，把高空瞻望，直到看不见飞机的影儿。

当然了，真想坐飞机，也不是不可以，国内的航线多了，天上的飞机多了，想去哪儿都行。问题是，这要自己掏钱买机票。自己掏钱，谁舍得呢？

老吴经常对着天空感叹，这辈子，坐不上飞机喽。

老吴的这个状态，被老林察觉了。老林就检讨说，不该耽误老吴坐飞机。有些事，错过了，兴许一辈子就错过了！老林诚恳地说："我给你买一张机票好了，咱俩一块坐飞机去旅游，你说上哪儿就上哪儿，听你的！"

老吴瞪着老林说："你这是什么意思？我买不起一张机票吗？现在，机票打折，比火车票还便宜呢！"

老林说："我没什么意思。我不想永远欠着你，请你给我一次机会！"

老吴说："想得美！我就是要你永远欠着我！不然的话，咱们两清了，你就不登门了，你就不搭理我了！"

老林点着老吴的脑门说："你真狡猾，成精了！"

以后，老林就经常过来找老吴聊天、散步。如同僚机跟着长机，老吴去哪儿，老林就跟到哪儿。

其实，有个秘密，老吴没告诉老林。当然，这个秘密，是关于飞机的。早几年，航校在郊外上了个多种经营的项目，弄了架旧飞机，在天上绕圈儿。

只要花五十块钱买票,就可以上天兜一圈儿。也就是在空中航行几分钟,让游客看一眼祖国大地的旖旎风光。老吴几次想拔出五十块钱买票,但都没舍得。五十块钱,可以买多少个烧饼啊。家里两个孩子的胃口特别好,吃什么都香,狼吞虎咽。还是省下钱,留着给家里办大事吧,用钱的地方多着呢。

不过,老吴却做了件别人想不到的事,带了部照相机,与飞机合了张影。合了影,就等于自己坐过飞机了。

这张与飞机合影的照片,却没有挂出来。而是珍藏在笔记本里,想坐飞机了,就翻出来看一看。

后来,儿女都长大了,也都成家了。儿女结婚的时候,老吴特别鼓励他们去旅行结婚,还拿出钱来,让他们去买飞机票。婚后,儿女又都有了小孩子。老吴就给孙子、外孙子买玩具,一人给买了一架大飞机。

老吴的这个秘密,任何人都没告诉,包括老林。

有的事,是没必要说的,说出来了,就没意思了。老吴常这么想。

手里的工具

现在,他手里有这样几件工具,铲子、凿子、剪子、锤子。他的任务就是查看室内,凡是需要修理的地方,做一次修整。

他首先拿起了铲子。为什么拿起铲子?因为,他希望将凸凹不平的地方铲平。可是,他四下里看看,竟未发现任何需要动用铲子的地方,无论墙面或地面,都很平整。这真是匪夷所思,铲子居然毫无用处。总不能在墙壁上或地面上挖几个坑吧?他这么想着,很自然地放下了铲子。

然后,他拿起了凿子。他也不知道,为什么会拿起凿子?也许是下意识的动作。他看看墙面,却不知该从哪里动手。难道,要放下凿子吗?他无意识地摇了摇头。带凿子过来,想必是有用处的。这时候,他的脑海里闪现出来一道灵光:何不凿出几个洞来?将来可以安装空调、暖气管道啊。再说了,到这里来,总得干点儿什么吧。这个念头儿让他产生了冲动的欲望。于是,他咚咚地干了起来。他干的时候,是用锤子砸击凿子的,可他并未意识到锤子发挥着什么作用。不一会儿,他就干得满头大汗了。望着刚凿出来的墙洞,免不了要做一番赏析。休息了一会儿,他将那几个墙洞修缮得很圆很圆。

　　接下来,该用到剪子了。他拿起了剪子,寻找可以动手的目标。终于,目标被他锁定,那是窗台上的几盆花。不知是谁遗落的,需要剪枝了。他挥动剪子,咔嚓咔嚓地剪了起来。不久,被他剪过的那些花枝,齐刷刷地呈现在眼前。

　　最后,他像模像样地操起了锤子。这时候,他才想起来,刚才是用锤子配合凿子的。这次,就让锤子单独完成任务吧。说来说去,锤子的最大用处应该是钉钉子,不管钉子是在墙壁上或是在木板上。好在,他发现了墙壁上有一枚钉子。于是,他朝这枚钉子扑了过去,并挥动锤子,狠狠地砸了下去。然而,想不到的事情发生了,钉子居然飞了起来。墙面上留下了锤子砸过的深坑,而没有那枚所谓的钉子。

　　他这才意识到,哪里是钉子呀,是只苍蝇嘛。苍蝇是有翅膀的,是会飞的。

　　室内有一只苍蝇,这是毫无疑问的。

　　必须消灭这只苍蝇!他向自己下达了命令。

　　可是,苍蝇却无影无踪了,不知飞到哪里去了。

　　他手里握着锤子,巡视着室内的每一处角落,凡是苍蝇可以落脚的地方,他都查看到了。他的目标十分明确,就是要消灭那只该死的苍蝇。他朝着一切值得怀疑的地方挥舞着锤子。凡是值得怀疑的地方,总会冒出各种各样的疑点,不是在墙壁上就是在地面上。而家具上的那些疑点,他没有下锤去砸。他明白,那会毁坏木质的家具。逢有家具上的疑点,他只是象征性地挥挥锤子,目的是驱赶苍蝇飞起来。

　　挥舞了一会儿锤子,他才发现自己很蠢。这么砸下去,不是会将墙面或地面砸出许多坑吗？他沮丧地放下了锤子。他知道，那只该死的苍蝇正躲在某个角落里或贴在高高的墙壁上，朝他暗暗发笑。

这真是一件可气的事情，望着墙面和地面上那些坑坑洼洼的地方，他很生气。看来，得修整那些高低不平之处了。

他再次挥舞起锤子，一下一下朝墙面和地面砸去。这时候，他已经完全忘记了其他劳动工具，如铲子、凿子、剪子什么的，眼里只有手里的锤子。

砸了许久，出了许多汗，这才感觉到已经将墙面和地面修整平坦了。

这时候，他想起来了一项实验：如果手里的工具是把锤子，往往会把一切问题都看成钉子。

这个理论是完全正确的。他舒了口气。

可是，那只该死的苍蝇却在这时飞了起来，在他眼前飞来飞去，充满了挑衅。他下意识举起了锤子，朝着苍蝇砸去。

苍蝇落脚的地方，是一件木质家具。

球　艺

表演的时候，他的球艺十分娴熟。只见他在舞台上腾挪闪跃，无论接球传球运球都不会出现任何闪失。而且，花样翻新，令人眼花缭乱。每次，只要他上场，观众们总会报以热烈的掌声。

梅花香自苦寒来。四岁时，他就开始练习球艺了。冬去春来，年年岁岁，吃了多少苦头，流了多少汗水，可谓不计其数。他给团里带来的荣誉，以及他个人赢得的掌声，不可胜数。

现在，他已经功成名就了。

他还在坚持训练球艺。每天，他总是抱着皮球出现在训练馆，弄得大汗淋漓。

他知道，要想保持荣誉和掌声，必须坚持训练。就这样，日复一日，人们总能看见他矫健而忙碌的身影。

他说，玩球是一门艺术，而不是一门技术。定位在艺术的层面上，他总能乐在其中。

其实，他已经意识到了，观众献给他的掌声越来越少了。因为，人们熟悉了他的名字，熟悉了他的套路。无论他如何卖力，怎样使出浑身解数，人们都不再热情地欣赏他。人们已经习以为常。有人甚至说，他就是吃这碗饭的嘛，就是为了抢夺我们的眼球嘛，就是为了要我们的掌声嘛。

他没有气馁，一点儿都没有泄气。他的表演越来越精湛了，可以说是炉火纯青了。

观众们却变现得十分吝啬，再也不肯将热烈的掌声献给他。

问题出在哪儿了呢？

他陷入了深思。表演是没有问题的，创新也有，但观众们为什么会出现审美疲劳呢？

他将自己的苦闷对团长说了，要求停下来一段时间。团长笑道，舞台上怎么能没有你的身影呢？你想闪出来一片空白，让观众们念叨你？实话说，这是无效的，问题不在这里。

问题在哪里呢？他茫然地问。

在你的脑子里。也许，你的表演太完美了，天衣无缝，无可挑剔。

团长的话，令他费尽了思量。

难道，完美的境界不好吗？

难道，天衣无缝的表演不好吗？

观众为什么不买账呢？

他走神了。再训练时，竟然出现了失误，皮球从他的手上滑落下来，又蹦又跳。

他没想到会是这样。他越是不希望走神，越是会出现失手的现象。

团长在背后笑笑，什么也没说。团长走到没人的地方，悄悄地扮了个鬼脸儿。

他知道同事们会怎么看他。无奈中，只能来一番自嘲。

于是，从消灭失手开始，他的训练更加刻苦了。功夫不负有心人。终于，他练到了出神入化的地步，想失手就失手，不想失手就绝不会失手；即便偶尔失手，也很洒脱，也很自然，让人看不出来是在卖弄。

他又上场了，仍然是抱着皮球。

一只皮球在他的手中滚来滚去，一会儿跑在身上，一会儿转在头顶，一会儿攀上了手指……总之，他心里指到哪儿，皮球就会滚到哪儿，令人目不暇接。不过，观众们是理性的，还是没有对他报以热烈的掌声。

突然，皮球从他的手中滚落下来，飞到了地面。

显然，这是一次失误！观众们瞪大了眼睛，看他怎样收场。有人甚至叫起"好"来，吹响了鼓噪的口哨。

他笑笑，脸不变色心不慌，将皮球捡了起来，继续表演。他的动作是那么自然，没有丝毫的矫揉造作。皮球又像原先那样，在他的手里翻来滚去。

须臾，观众席爆发出雷鸣般的掌声。没错，这久违的掌声是献给他的。

他心中不由地感叹。是啊，只有当演员接不住球时，才最能吸引观众！

写毛笔字的人

宋文燕是个敢写毛笔字的人，敢掂着毛笔写大字。单位有项业务，每个月都要填写一批信封。宋文燕提起毛笔就写，写的还是仿宋体，又漂亮又耐看。

人们都啧啧称赞。真的，一般人是不敢写毛笔字的。现在，能写毛笔字的人，越来越少了。人们都用硬笔写，写得很潦草，马马虎虎，能看就行了。

宋文燕能写毛笔字，而且，又是个女同志，名声就在外了。

有了名声，就不断地有人来求字了。比如，店铺开张，总要贴个"生意兴隆通四海，财源茂盛达三江"之类的对联。讲究的，还要在红色的方纸上写"招财进宝"这四个字。这四个字，可不是随便写的，要把它们写到一块，形成一体。还要角对角写，才会异彩纷呈。这个写法，只有敢写毛笔字的人敢写，电脑根本就做不出这样的字来。宋文燕挥毫泼墨，不大功夫，就给写好了。拿回去贴到墙上，顿时熠熠生辉。

人们就问："宋文燕，你的毛笔字是怎么练成的？你是书香门第吧？"

宋文燕笑笑，并不回答。谁都应该知道，写毛笔字，关键是心诚。只有怀着对汉字的敬重，才能捏住笔杆，让笔下的字，鲜活起来，生动起来。

了解宋文燕身世的人，就在背地里说，梅花香自苦寒来，不坐十年冷板凳，能写这么好的字？这话说得很到位。现在，哪有人肯吃这种苦呢？需要什么字，直接找个打字店，从电脑里调出来，又省事又干净。尤其是挂大标语，去打字店，二百块钱搞定。

不过，总有人来找宋文燕，让她写毛笔字。人们这么做，是有理由的。理由是电脑里做出来的字，没有生命。而宋文燕写的毛笔字，充满了生命的气息。这就让一些人暗自立志，悄悄地练上了毛笔字，练成了却又附庸风雅，加入书法家协会。连某些公众人物也这么干，故意用毛笔字写批示，写得龙飞凤舞，说是可以防伪。

宋文燕听了，只是淡然一笑。

人们不知道，宋文燕近日去了北京，专门教一位著名演员练毛笔字。著名演员听说小城有个写毛笔字的女秀才，就托朋友把宋文燕请了去。后来，人们在电视专题片里看到，著名演员一边唱歌，一边练书法。登台演出时，著名演员还向主持人献了一轴书法呢！

许多人都看了电视，也都知道了宋文燕教过那位著名演员练毛笔字。

对这件事，宋文燕并不解释。

倒是有人花重金来请宋文燕，请她把门楼上失去的那两个大字补回来。宋文燕知道门楼上那几个大字，是清末的一个知县所为。现在，本地要开发旅游资源，门楼上少了两个大字，怎么说都是个缺憾。

但谁都没想到，宋文燕摇头婉拒了。

又有人来请宋文燕，说是"老年活动中心"牌子上的字太难看。能否请她刨了重写？宋文燕也摇头婉拒了。她知道牌子上的字是谁写的。往牌子上写字的人，前些年在本地做官，喜欢到处题词写字。现在，他被提拔走了，越来越多的人，觉得他写的字难看。什么字啊，像蚂蚁爬似的，竟敢往牌子上乱写！

何必刨掉呢？就让它晒晒太阳吧。宋文燕心里这么想。真的，无论谁写的字，经过风吹日晒，最终都要剥落的。

闲来无事，宋文燕就把自己关在书房里练字。累了，出来走走，晒晒太阳，或迎风而立。

她不教儿童写毛笔字，不办所谓的文化补习班。她也不教成年人练书法，不让人用毛笔字来做噱头。除非，有人拿着毛笔字上门求教，她才会略说一二。

说什么呢？似乎无话可说，又似乎无从说起。

第二辑 给小树戴花

太阳会跑

坐了无数次火车，还是头一次发现这样的奇观：太阳会跑。

清晨，列车由南向北疾驶。东方正在渐渐露白，忽然间，天际一片绯红，跳出了一枚鲜亮的红日。

旭日东升，红盘如火。初升的太阳，随着疾驶的列车，奔跑起来了。

我惊奇地睁大了眼睛，望着奔跑的红日，情不自禁：怎么会有如此壮丽的景观，太阳会跑！

太阳一直在跑。大地苍茫，万象朦胧，唯有一颗火红的太阳，奔跑在原野上，奔跑在村庄的绿影之巅。我不知道，世界上还有什么景象，会比太阳奔跑更美丽。你看，太阳奔跑的时候，充满了朝气，身着红装，多像个欢蹦乱跳的红孩儿呀。

坐了无数次火车，为什么今天才有这个发现？美，就在身边，我们缺少的是那双发现美的慧眼。真不知道，我们在不经意中，错过了多少美丽的风景线。

假如，我们在启蒙的时候，看见了太阳会跑，也许，我们早就生出双翅，飞向了万里蓝天。假如，我们在充满幻想的年代，看见了太阳会跑，也许，我们早就翱翔在理想的彼岸了。假如，我们的每一个早晨，都看见了太阳会跑，人生的每一个音符，该会组合成壮丽的史诗……

可惜，我的发现有些迟了。

好在，我毕竟发现了。最应该感谢的，也许还是自己。因为我是用自己的眼睛发现了那奔跑的红日。我相信，美的瞬间，在被发现的同时，心灵之花，便已经盛开了。

是的，我们没有必要知道，太阳为什么会跑。我们只需要选准一个时机，采用一个视角，去发现太阳会跑。因为，美丽的瞬间，稍纵即逝。你看，列车仍在奔驰，可太阳已不再奔跑了。

不知什么时候，太阳静悄悄地挂在天上，将万丈光芒耀射出来。太阳变得很白很白了。

给小树戴花

一天傍晚，我看见路边一棵小树的枝头上，开满了粉色的花儿。小树怎么会开花呢？这种小树是不开花的呀。我正奇怪着，忽然看见一个小女孩，举着两朵粉色的花儿跑过来，戴到了小树的头上。

哈，我明白了，是这个小女孩把花儿戴到小树头上的。

小女孩十二三岁的样子，神态是那样的陶醉。她把一朵朵鲜花戴到了小树的枝头上，于是，小树开满了花儿。

花儿是她从一棵芙蓉树上摘下来的。由于芙蓉树长在土坡上，小女孩得以顺手把花儿摘下来。芙蓉树开满了粉色的扫帚苗般的花儿。其实，这种花儿长在芙蓉树上，并不金贵。可是，小女孩把花儿戴到了小树上，小树便显得华贵了。小树像个漂亮快乐的小姑娘，花枝招展着。

这棵戴满花儿的小树，是小女孩自己吗？小女孩就是这棵开花的小树吗？

小树戴花的画面实在是美。我远远地站在一旁，打量着那个给小树戴花的

小女孩。

也许，她把芙蓉树当作了自己的母亲。从母亲那里取了花儿来，戴到自己的头上，不正讨了母亲的欢喜吗？母亲可以把一切都给予女儿，母亲是无私的。母亲的希望是什么？玉树成才，繁花似锦。天下的母亲都这样。

也许，她把小树比作了朋友。妙龄少女，可以交心的人，会有许多。比如同学，比如闺友。大概，她就是要用花儿来打扮朋友的，让朋友鲜花盛开，像花儿一样欢乐。

也许，也许……我想到了许多种也许。不管是哪一种也许，小女孩拥有花儿般的好心情，是最重要的。不然的话，她怎么会把快乐传递给别人？怎么会把大树的花儿戴到小树的头上？好心情是花儿。小女孩乐此不疲地做着这件事，沉浸在无限的快乐中，没有什么比这更美好的了。

我们应该学习这位小女孩。学习她，善于发现大树的风景，并把大树的风景移植到小树的身上。这是一种乐观，这是一种自信，这是一种诗意，这是一种自在。我们总是奢望实现美好的梦境，总是渴望诗意地生活在阳光下。但我们遇到的往往是庸常生活的无尽烦恼。那么，就向这位小女孩学习吧，到有花儿的大树下去，采摘花儿，给路边的小树戴上。当我们把小树打扮得花容月貌时，自己的好心情，也就开花了。

|吹散的哭泣|

我登上了西飞的航班。

作为一名志愿者，我要到四川去，到四川地震灾区去。我没有理由不去。

因为，我是个研究心理学的学者。我知道，面对巨大的灾难，我们急需对生还者进行心理干预，抚平他们的心理创伤，为他们点燃心灵的烛光。

这些天，只要看见电视里的灾区场景，我就忍不住泪流满面。有一名在地震中失去了父母的孩子，见到女人就喊"妈妈"，见到男人就喊"爸爸"。有一个被压在废墟中的小学生，哭着对救援者说："叔叔，别锯我的腿，我宁愿自杀！"有一个被救的女孩，躺在医院的病床上，除了沉默不语，就是以泪洗面……

举国齐殇。一场大地震，夺走了数以万计的生命。我知道，仅仅用泪水祭奠同胞是不够的。除了必要的物质援助外，还必须帮助灾区人民尽快埋掉心中的伤痛，消除精神阴影，勇敢地面对未来。我想，这才是应对苦难的最好状态。

一个多小时后，我将到达四川省会成都。坐在航班上，我的脑海里不断地浮现出一些画面，都是我在电视里见过的那些人：

那个在医疗救助站里席地而坐，满脸灰尘和忧伤的男孩。

那个在废墟中忍受着黑暗、忍受着饥饿，忍受着阴冷，以读书来缓解恐惧的女孩。

那个在自家的废墟前，用一个变形的盆子洗衣服，戴口罩的、扎两根辫子的九岁女孩。

那个坐在废墟上，等待了八天的十六岁男孩。他不吃任何东西，整天整夜地守候在此，期待着父亲的归来。

那个身子被压在瓦砾中，仅露出脑袋、脖子和肩膀，正在接受输液的男孩。他身边站着一个为他举吊瓶的男同学。

那个被父母掩护在身体下的、与死神抗击四十多个小时的、眨着一双亮晶晶眼睛的三岁小女孩。

那些在"抗震小学"、"抗震中学"里朗朗读书的孩子。

那两个在城市广场上跳绳的，暂时忘记了地震苦难的女孩子。

那些受到心灵打击、不堪回首往事、不敢回家的男人。

那个因为恐惧和惊吓，没有了奶水而无法用乳汁哺育婴儿的年轻母亲。

…………

　　如果见到这些人，我知道我该怎样做。我闭目假寐，设想着一个个对话的场景。

　　我要对他们说："哭吧，哭完，就该勇敢地活下去！"我就是要他们把内心堆积的伤痛全部发泄出来，而不是劝他们"不哭，别闹"。当然，我也不能说这样的话："我很理解你现在的心情。"因为，我毕竟不是地震的亲历者，他们对我的真诚会特别敏感。

　　我要教孩子画画、做游戏。画奥运福娃、画美丽的家园、画红旗飘飘的学校，画美好的未来。地震可以摧毁房屋，但摧不垮童真，摧不垮精神，摧不垮希望。

　　我还要教会受助者用深呼吸的方法排解郁闷、焦虑、惊恐的情绪。给他们讲"顺其自然，为所当为"的道理，用心做事，淡忘苦难，而不致出现冷漠、麻木、僵硬乃至愤怒和仇视等心理障碍。

　　我要特别注重克服他们的负疚感。我知道，面对强烈地震引发的家破人亡，他们内心受挫，心灵极为脆弱。我要告诉他们："这不是你的错。活着本身就是壮举！那些奔向天堂的兄弟姐妹、父老乡亲，最大的愿望就是看见你们重建家园！"

　　…………

　　我这样想着，不知不觉中，飞机已经降落在成都双流机场。身边的领队，推了推我，发现我泪流满面。

　　"怎么，你哭了？做噩梦了吗？"领队问。

　　我无言以对，轻叹了一声，擦了擦脸上的泪水。

　　步出机场，换乘汽车，我们往汶川方向去。车窗外，疮痍满目，遍地废墟。我喉头发梗，泪水再次糊住了双眼。

　　我的伤痛情绪，再次惊扰了领队。

　　领队下令停车。领队让我们站在废墟前，指着我，对大家说："这么脆弱的人，怎么去拯救灾区那些受伤的心灵？！要么，让他一个人留在这里哭，哭个够！要么，我们大家陪他一起哭，流干我们的泪水！"

领队望着我们。我们看到了他的眼里浸着泪，两行水龙爬到了脸颊上。

队伍中有人掩面而泣了。

我实在忍受不住了，失声痛哭，捶胸顿足。

我们这些志愿者，我们这些心理康复救援队的人，面对青山，面对废墟，哭成了一片。

山风吹了过来，将我们的哭声吹散了，吹向了天堂，吹向了地层，吹向了天地间。

山风习习，吹干了我们的泪水。

我们昂起头，不再有泪。

寻找"敬礼的孩子"

我要去寻找一个孩子，一个在汶川大地震中，被废墟掩埋了十七个小时的孩子。这孩子获救后，躺在担架上，吃力地抬起右臂，向营救他的解放军叔叔敬礼，致以一个少先队员的崇高敬礼！

从电视画面上看到这孩子，我的泪水就止不住流下来了。我要去寻找他，如果可能的话，我就领养他。因为，从媒体的报道中，我未曾发现他的亲人。假如，他已成了孤儿，我就要把他领回来，做他的父亲。

当然，我不知道，能在哪里找到这孩子。人海茫茫，巴蜀无语，找个孩子绝非易事。我没有通过民政部门，也没有利用媒体。大灾当前，百废待兴，请求他们，估计也是白搭。何况，国家已经制定了收养孤儿的具体规定，程序并

不简单。有媒体报道说，全国想收养孤儿的家庭，多了去了，能轮上我吗？

因此，我决定，到震区去，寻找这孩子。也许，见了面，复杂的问题就简单了。

到了震区，我开始了一个县市一个县市地走访，一个医院一个医院的寻找，一个学校一个学校地询问，一个村庄一个村庄地查看。很遗憾，我没有找到那个"敬礼的孩子"。也没人告诉我，他在何处。有些人，是听说过这孩子的。说到这孩子，他们只是叹息或沉默。我原以为，灾区的人，看到我来找孩子，会泪流满面的。可我错了，到了这里，我才知道，他们早就哭干了泪水。面对家破人亡的巨大灾难，人们已经欲哭无泪了。

没人能帮我找到那个"敬礼的孩子"。没办法，还是我自己继续寻找吧。

找啊找，踏遍青山，踏遍灾区，我竟然有了意外的发现。我见到了那些在地震后上过电视和报纸的孩子！他们是——

那个在幼儿园的瓦砾中被埋了八个多小时，见到解放军就送水、送饼干、送火腿肠的小女孩。

那个守候在救援现场，等待妈妈的小女孩。地震后一百二十四小时，她的妈妈终于获救，从地狱重返人间。

那个用雨伞做手杖，在崎岖的山道上独自行走的小女孩。她与匆匆赶路的解放军叔叔擦肩而过。

那个从废墟中被挖出来时双腿已经折断、双手也被砸伤的女孩子。她微笑着对救援者说："要勇敢！"

那个九岁的小男孩，自己逃生后，又两次重返教室，救出了两位小同学。

那个在安置点附近的油菜地里骑在背篓上专心作画的五岁男孩。

那个趴在花坛上写字、露出阳光般灿烂笑容的小男孩。

那一群守候在路边的农村学生。他们用捡来的纸板，书写着感谢解放军的文字，表达着纯真和感恩的心情，表达着重生的喜悦和重建家园的信心。

那一群在"抗震希望小学"开学典礼上的孩子们。他们神情庄严地高举右手，向国旗敬礼。

许多天过去了，我没有找到那个向解放军叔叔"敬礼的男孩"，心境却已悄悄地发生了变化。因为我看到了更多的劫后重生的孩子们。我没有上前打扰他们，只是在心里为他们默默地祈祷。我希望他们的父母都还活着，这样的话，他们就不会成为可怜的孤儿了。假如，有的孩子不幸成为孤儿，我也相信，会有更多的人，和我一样，争做孩子的父亲。

　　我的寻找历程和情感之旅，引起了有关部门的注意。我被请进了一间帐篷里谈话了。听了我的陈述后，一位负责同志深情地说："秦先生，您的想法很感人！灾区的孤儿有很多，但想认养孤儿的家庭更多！这意味着每一个孤儿都会有一个温暖的家，他们不会感到孤单的！"提起那个"敬礼的孩子"，这位负责同志又说："我们是不会把他交给您的！因为，他是我们灾区的骄傲！是我们震区的希望和未来！"

　　听到这样的肺腑之言，我的眼角再次湿润了。

　　这个"敬礼的孩子"，这个让我找不到的孩子，灾区人民把他珍藏到哪里去了呢？

　　在我离开四川的时候，以一个老少先队员的名义，向巴蜀大地，致以崇高的敬礼。我敬礼的姿势，和那个"敬礼的孩子"一样，标准、深情、豪迈。

|对面的女孩|

　　火车一开动，女孩的脸颊就贴紧了车窗，嘤嘤地哭了起来。火车已经把站台上的那个男孩甩得无影无踪了。女孩用手帕一把一把揩着泪水。

女孩的眼睛红红的，嘴巴也是红红的。只有动情的女孩，以泪洗面的时候，才会显得如此新鲜。女孩是被男孩拥到列车上来的。然后，女孩又用同样的方式，将男孩拥到了车下。就在列车启动的瞬间，女孩婴儿般地哭了起来。

现在，女孩已经安静了。列车像个平稳的摇篮，让女孩找到了归属感。女孩将身子软软地贴在座椅上，悠闲地阅读着一份时尚的生活画刊。望着女孩乖巧的面容，我突然有一种似曾相识的感觉。真的，我一定是在哪里见过这个女孩。

随着列车有节奏的摇摆，我开始一页一页翻阅记忆的画卷。

哦，我想起来了，是在黄山，我见过这位香草般的女孩以及女孩身边的男孩。

——我不知道女孩和男孩为什么争吵了起来。从黄山下来的中巴上，男孩喋喋不休地数落着女孩。女孩的脸色煞白，不时地回敬一句："我不和你吵！"但是男孩仍不甘心，仍然在吵。男孩使用的是北方人听不懂的方言。我实在不明白，这么英俊美丽的少男少女，为什么要在黄山吵嘴？谁都知道，天下有数不清的情侣，专程跑到黄山来，就是为了要在山上挂一把连心锁，然后把钥匙丢到山涧，以示海枯石烂心不变。

可是，女孩和男孩却心血来潮，在黄山脚下耍起了小孩子脾气。也难怪，现在的少男少女，哪个不是六月天——小孩的脸，说变就变？

对面的女孩似乎有些困乏了，放下了时尚画刊，打起盹来。她的一只手腕搭在茶几上，使我不由自主地瞄了一眼。哦，一只银手镯，如此精巧的银手镯，上面居然挂着一把袖珍的银锁！

在黄山，我见过这种镶有银锁的银手镯。银锁如一枚微雕，叮叮咚咚地挂在银镯上。这种精巧的玩意儿，与其说是讲究镯，不如说是讲究锁。我忽然明白了，也许在黄山，女孩和男孩争吵，就是为了银锁。

也许，火车丢下的那个男孩，此刻一定抚摸着另一只银锁，悄悄地忧伤呢！

两只同样的银锁，分别佩戴在一对小情侣的手腕上，这可比丢在黄山要温情得多。虽然，她和他天各一方，但每天能看见彼此心头的银锁，这又是一种怎样的浪漫呢？

不过，我却有些杞人忧天了。若干年后，她和他中的哪一个，会不会将银锁丢失？这想法，未免有些残酷了。瞧，那打盹的女孩，长长的睫毛，多么美丽。我真不忍心想象——岁月的刀痕会割烂爱情的笑脸。

迎 客 松

好多好多年前，一只鸟儿衔着一颗松子，飞到了黄山。不过，那时候，黄山还不叫黄山，叫黟山。管它叫什么山呢，鸟儿只是觉得这里好玩罢了。鸟儿玩着玩着，很随意地张开了尖嘴，把松子丢到了山上，不知又飞到哪里去了。

这颗松子就这么被扔到了山岩上，浑身有些酸痛。山风很大，吹得它连连打了好几个滚儿。松子望着茫茫苍天，若有所思地想，这辈子就要在风口上安身立命了。

松子看着周围那些茂盛的植物，认出了灵芝、石耳、香菇、银杏和香榧。瞧它们那蓬勃生长的样子，松子真的很羡慕，它也要生长出一种风景来，要不然，便枉然来今世了。

于是，松子在岩石上站稳了脚跟。它发现，自己那坚硬的毛皮上，长出来些软绵绵的细须，细须很快又分泌出来一些柠檬酸、苹果酸、葡萄糖酸等后人命名的有机酸，并逐渐化解了周围的物质，从中吸收了养料。松子感受到了生长发育的快乐，不由得唱起山歌来。松子唱歌的时候，呼出了大量的二氧化碳，这越发使得它处于亢奋状态。不知不觉间，二氧化碳遇水化合成了碳酸，并开始侵蚀岩石，使岩石的表面化成了一小撮泥土。就这样，松子把根扎下来了。

在生存本能的驱动下，松子的根须得寸进尺，不断地钻向岩石的内部。

岩石的内部恰恰有些缝隙，而且存满了泉水。松子如饥似渴，畅饮了起来。然后，松子伸了个懒腰，站直了身子。它发现，自己吐出了嫩芽，已经可以称得上一株树苗了。

松树苗日复一日地把根须伸向四面八方，遇山开路，遇水架桥，吸收周围的水分和养料。春天来了，不怕风吹；夏天来了，不怕雨打；秋天来了，不畏雷电；冬天来了，抗击冰雪。松树苗啃着石头生长，它也惊讶自己会有这种特殊本领，这就是"耐瘦"的硬功，越是环境恶劣，越是坚韧不拔。它还发现，自己完全能依靠松针来进行光合作用，从云雾中吸取水分，制造养料。这就够了，松树苗欣慰地笑了，自己能在山顶上迎风傲雪了。

松树苗一天天长大了，长成了小松树。松针粗短且茁壮，既稠密，又整齐，吓得刺猬连连后退，不敢来啃。松树打量着自己，不由得骄傲起来。不是嘛，有谁能像松树这样，春天嫩绿、夏天翠绿、秋天深绿、冬天墨绿，如一朵绿花，一年四季，常开不败？

松树知道，是大自然造就了自己这番神韵和色彩。可是，松树却发现了自己的美中不足。一是树身低矮，二是半边树冠向一侧蛰伏延伸。松树不免有些伤感，自己这副样子，分明是个畸形嘛。

松树为自己的形象而遗憾。它知道，自己形成这样的身材，有两方面的原因。一是山高地寒，气温低，日照短，风雨多，迫不得已向水平方向展延枝条，以减轻疾风的折磨。二是树身贴近岩壁的那一侧，阳光、水分和养料相对较少，所以导致一只胳膊或翅膀就没有发育起来。这也是没有办法的事情。谁让当初那只鸟儿把自己丢到这儿呢。你看峰顶那些松树，就不是自己这个状态。它们一般多成伞状，显得既标致又帅气。真是羡慕它们啊。

但是，忧伤的松树很快就化悲为喜了。因为有很多人来到了它面前，指指点点，神采飞扬。松树听见一个人说："瞧，这棵松树，伸开一只臂膀，欢迎我们呢！"松树又听见另一个人说："呵，这是一棵迎客松啊！"其他人都跟着附和："是啊是啊，黄山有奇观，迎客松第一绝！"

松树闻听此言，腼腆地笑着，不由得把那只颀长的臂膀伸了又伸。它这才知道，自打唐明皇听了一段黄帝黟山采药炼丹的故事后，就把黟山赐名为黄山了。现在，这些人都是来游黄山的，从今往后，迎客松就与黄山齐名天下了。

果然如它所料，不断有文人雅士前来黄山游玩，或赋诗，或作画，讴歌泼墨。不管是谁，到了黄山，都要来拜拜迎客松，施以大礼，与日月同辉。大约过了一千五百年，迎客松发现，来参拜它的人，都喜欢掂着照相机，同它合影留念。而且，一些摄影大师，已经把它的英姿传遍了五湖四海。

迎客松知道自己是黄山松的总代表。知道自己的价值在于那永恒的"独臂"姿态。它也知道，每一棵黄山松都有自己的形象，比如扰龙松、凤凰松、墨虎松、连理松等。这使它想起来了西方的维纳斯女神。迎客松与维纳斯有异曲同工之妙，正是它形式上的"残缺"，才显得大雅大美。

迎客松笑了起来。它很高兴，因为自己是大自然造就的树神。不过，有时，它望着山道上那些幼松，却笑得不开心。它知道，那些幼松，被山民们剃掉了半边树枝，刻意打扮成了"小迎客松"，这也实在是文明时代的一种愚拙了。

|树根下的花朵|

不知是有意栽培，或是随意生长，大道两旁的香樟树下，依偎着一群可爱的猪八戒花。

之所以称它是猪八戒花，是因其形态酷似猪八戒那张憨厚的笑脸。这种黄色的花朵，缀以褐色的斑点，随处可见。只是在江南见到它，分外感到它柔

美。它不争宠，也不争阳光，只是静静地开放在香樟树的树根下。

它吸收的是树根的养分。不，准确地说，是树根分给它的养分。它只要有那么一点点养分就够了，然后，便知足地打扮着每一个明媚的花季。

香樟树散发着馥郁的芬芳，四野弥漫着树的气息，显不出树根下那些淡淡的小花——猪八戒花。猪八戒花，这名字有几分俗气，也没人在意它，人们只是关注它那憨厚的笑容，乐无忧。

没错，猪八戒花不名贵，身份平常，它像世间的普通人那样，举目可见。但它并不自卑。也许，它不懂得什么是自卑。它就那样不事声张地开放着，自得其乐地开放着。踏青的人，看到它时，会流露出一种很温暖很随和的目光。

这就够了。大概，它要的就是这种低姿态。

是的，踏青人总是将目光丢在平日里不怎么着眼的地方。世间的万事万物，大喜大悲者有之，大红大绿者有之，谁会在意那些微不足道的细枝末节呢？诸如，猪八戒花之类，少了些许关注的目光，却也赢得了更多的宁静。如果，没有这份自由，它会绽放出幸福的笑脸吗？

身为花中的一员，猪八戒花真的是太平实了。但只要是花，它就会按时开放，不要谁批准，不要看谁的脸色。这是大自然的恩泽，更是大自然的规律，如同其他花朵那样，紧和着四时的春风，周而复始地绽放在每一个花期。诚然，当花朵衰落的时候，它也会同姹紫嫣红的姐妹花一道，收起自己的容貌，等待着下一个春天的降临。

这就是猪八戒花。它是一种很普通的花朵，有着自己的花期，有着如骨的品格。它在狂风暴雨中摇曳英姿，在风和日丽中展现自我。它是刚强的，又是柔美的，它从不居功自恃。也许，它并不知道自己有何功劳而须自夸。因而，世界才给它以生存的土壤，任其自由自在地开放。好在，有香樟树为它护佑，且提供着充足的养分，使得它昂首开放。它与香樟树是相得益彰的。因为，它也用自己的根，抓着泥土，巩固着地基，使香樟树茂盛地生长。

任何事物包括植物的存在，都有自己的理由。猪八戒花就是这样，大自然让它紧紧地依偎在香樟树的根部，情同母子，亲若比邻。树和花是如此，人类与非人类也是如此。大自然赋予生灵于美妙，正在于和谐相处。道理很简单，做起来却不易。也许，这正是我们需要向猪八戒花学习的理由。

路 边 的 刺

路边的灌木丛，绿得喜人。忍不住揪了一把，将绿叶把玩于手中。却忍不住"啊"的一声惊叫。啊，手上扎了刺！

定是灌木丛上的刺。不知名的灌木丛，虽然绿得可爱，却有利刺深藏其中。拔掉肉中刺，向绿色的植物凝视。原来，枝条上布满了利刺，谁动它，都会扎得手破血流！

于是，便不敢小觑它了，且不由得向它致意。也理解了它，正因为它长满了刺，才得以保护了自己。不然的话，它早就被人掳成残枝败叶了。而那样的话，路边也就没有满目的绿色了。

便想到了那些带刺的花枝。

许多花枝，为了保护自己的丽容，也是浑身长满了刺。有了刺，花儿才不至于被人随意摘取，才会适时地怒放。最知名的是花中女王玫瑰。玫瑰花象征圣洁的爱情。玫瑰花可不是好摘的。没有被刺痛的准备，最好不要想得到它。要想得到它的垂青，就要同时接受可能受到的刺痛。那些没有刺的花朵，固然可爱。但比起带刺的玫瑰，又能珍贵几何呢？

人呢？人亦如此。

如果，你是一株带刺的花或一根带刺的草，你首先便得到了一份自我保护的安全。不必在意你会刺痛谁，因为，他可能要摘掉你或者亵渎你。可以想

见，到了魔掌上，新鲜一时后，便会被抛如敝履。通常意义上的花草，是短命的。而有刺的花草，则因为维护了自己的尊严，使生命得以平安。也许，人们不待见有刺的花草，更多的时候，只是瞥它一眼。这也没什么。让那些贼手去采摘无刺的花草好了，保护自己的生命，难道不是更重要吗？

诚然，恶毒之心是会幻出魔影的，常常会借助于机械或野火，将有刺的花草毁灭。这时候，牺牲精神便尤为高尚。宁可遭人语诟而粉身碎骨，也不向罪恶的魔爪低头。"野火烧不尽，春风吹又生"，定会唤醒沉睡的大地，将有刺的花草哺育，待春光明媚时，复苏后的大地又是一片润人的新绿。

只有阳光是公正的。只要乌云遮不住，阳光便会照亮万事万物。包括那些有刺的花草，也会在阳光普照下，茁壮成长。你只需悄悄地站立，无语地打扮大地和大地上的路径。

|百善孝为先|

竹林镇感动我的事有很多，而最令人动容的，是这里的孝文化。北山公园的龙腾阁上，绘着二十四孝图。那意思显然是说，要想像龙一样腾飞，一定要懂得孝道。据说，每年有数不清的年轻人来此受教育，接受诫勉。而竹林提拔干部，一定要先经过孝顺关的考核。不敬老孝亲的年轻孩子，是不能进入干部队伍的，只能让他坐冷板凳。

百善孝为先。我为竹林的用人机制叫好。孝是中华民族传统文化的精髓，也是儒家伦理思想的核心，更是千百年来中国社会维系家庭关系的道德准则。当然，仁者见仁智者见智，有人会说，二十四孝中，有些封建的元素，必须加以摒弃。对此，是要一分为二，去粗取精，免得遭人语垢。但不管怎么说，孝是天经地义的，特别是在各种思想极其活跃的当下，如果不讲孝道，人伦就要失守，更无行善可言。人人行善，当是文明社会的重要标志。

男子是家里的顶梁柱，自不赘言。竹林镇不但鼓励孝顺儿子，还奖励孝顺媳妇。娶妻生子，是为了繁衍后代、延续香火的。新媳妇娶进门，首先要让她懂得孝敬老人。竹林镇坚持数十年开展"十好"评比活动，每年向"好媳妇"的娘家送喜报，敲锣打鼓，热闹非凡。这无疑促进了文明乡风的形成，确保了竹林镇社会环境的长治久安。

俗话说，无情未必真豪杰。任何人首先是有感情的动物，因为他是父母所生。只要是人，都应该有血有肉，有自觉意识，懂得敬老孝亲。有一首歌唱得好："常回家看看"。是的，做儿女的，即便从事着惊天动地的伟业，也没有理由忘记给了他生命之身的父母双亲。哪怕是回到家给父母捶捶背、揉揉肩、捏捏腰，陪老人家说说话，唠唠家常，都是分内的事。趁父母健在，做什么都还来得及。一旦父母殁了，悔之晚也！我对此有深刻的体验。每次到外面出差开会，住宾馆，吃豪宴，游山玩水，我总会默默地想起九泉下长眠的父亲。想到他老人家一生的辛劳和疾苦，便如鲠在喉，黯然神伤。我为自己曾在父亲面前表现木讷而久久地自责。为什么在父亲生前，我没有尽到一个做儿子的孝道呢？

人是需要感恩的，首先是感谢父母，感恩之心会使人目光向下。一辈子不做坏事，日复一日地做好事，这就是行善。这也是对父母的孝敬。因为，你给父母挣得了美名。人前人后，有人夸你，父母自然会乐开了怀。哪一家的父母不希望自己的儿女排场起来、风光起来呢？当然，做父母的，即使有再大的难处，也会自己扛着，不愿对儿女讲实情，为的是不给儿女添麻烦、增包袱。天下的父母都这样，舐犊之情，恩重如山。天下的儿女呢？怎么就不该以自己的孝顺言行来报答父母的养育之恩呢？

孝敬父母，体现在日常生活的细节中。我们都是凡人，而凡人有滋有味的生活，最见真情。我听说有这样一件事，女儿结婚后，与女婿回娘家。到了家

门口，女儿不用钥匙开门，而是喊老爹老娘开门。女儿说，我虽然有钥匙，但我要让父母开门，他们会很高兴。女儿还时常打电话告诉父母，自己要回家吃饭，让父母买这买那。女儿说，我就是要让父母知道，他们还有用！他们会特别高兴的！看看，这位女儿的良苦用心，就是让父母高兴！

让父母高兴，我们想到过吗？我们通常想的只是自己高兴，或者不让老婆不高兴，不让领导不高兴……我们做起事来，很少想到父母，甚至连父母的生日都记不得了，想不起来给他们过生日。我们只会给自己过生日，开Party。我们的生日，则是母亲的难日。就不要说那些父母已经过世的人了。每逢父母的忌日，或国家放假的清明节，不少人是捏着鼻子，不得已才去扫墓的。

而在竹林镇，不孝之人，定会遭到唾弃。竹林人守着传统文化的美德，用孝道来维系和促进以家庭为细胞的社会进步与发展。他们容不得眼里有沙子，容不得不孝顺的年轻人招摇过市。在竹林镇，以孝道为荣，以不孝为耻。这已蔚然成风。这种风气，是文明的乡风，是竹林人敬老孝亲的形象，在全国光彩夺目。

想给父亲打电话

父亲，您现在好吗？

多少次了，我都想给父亲打个电话。但我知道，父亲已经不可能接听我的电话了。即便他今世复生，也不会接听我的电话。

因为父亲一辈子都没有打过电话，也没有接过电话。

父亲退休前，是个老工人，没有办公电话可打。早些年，电话未普及，既没人给他打电话，他也不需要给别人打电话。他和外界的唯一联系方式，就是通信。只有一次例外。那是1974年，我在沈丘县插队当知青，因病要做手术。深夜，县知青办将电话打到了父亲所在单位的领导家。那位好心的领导，深一脚，浅一脚，跑到了我家。父亲听到领导转述的电话，连夜就登上了火车。当我苏醒后，看见父亲坐在身边，眼泪就哗哗地流淌出来了。

父亲告诉我，要不是知青办打了电话，不会这么快地赶来！父亲这么说着，充满了对组织的感激之情。我不知道，当初父亲想过没有，将来，家里要不要装部电话？估计他没有想过。那时候，家中七口人的重担，都落在他一个人的肩上。父亲做梦也不会想到，若干年后，五个儿女，每家都装上了电话，而且，都置办了手机。就连千里之外的农村老家，也是家家安装了电话！

后来，单位给我的住宅安装了电话。能享受公费电话的待遇，也是百里挑一的好事。我抑制不住兴奋，特意将父亲请了过来，要他亲自拨打电话，和老家的亲戚说说话。父亲嘿嘿笑笑，两手揣在袖子里，一句话都不说。我知道，父亲是难为情呢，在儿子面前，他不好意思对着话筒说话。没办法，只好我动手了，替父亲拨通了二舅的电话。二舅在电话那边"喂、喂"着，可父亲连连冲我摆手，怎么都不肯和二舅搭话。过后，父亲说，也没啥事，打什么电话！

其实，父亲就是有啥事了，也不亲自打电话。他总是告诉我，有啥啥事，给谁谁打个电话。每次，我替父亲打电话，他都坐在我身边，一丝不苟地旁听。有时，我把话筒递给他，要他说两句。可他总是连连摇头，说什么都不接话筒。

这就是父亲。性情内向的父亲，从没给谁打过电话，也没接过任何电话。后来，母亲做主，家里装了一部电话。可这时，父亲已经卧病在床了，根本就不可能学会打电话了。很难想象，假如父亲没有病，假如他破天荒打一次电话，会是一副什么神态？可惜的是，直到父亲病逝，他都没打过一次电话！这也正是为儿女的，永远都抹不去的遗憾！

父亲若是会打电话，或者，像其他人那样，每天打打电话，也许会获得更多的快乐。令我伤感的是，父亲从来就没有体验过打电话的滋味，更没有在电

话中向谁倾吐过心声。父亲在病榻上躺了六年，儿女们四处求医问药，却终未能让父亲重新站立起来。送走父亲的那一天，来了许多亲朋好友。操办丧事的各个环节，都是用电话搞定的。我想，在那样一个极其悲伤的时刻，有那么多电话讯号往来于时空，也是对父亲的一个安慰了。

癸未年正月初六，是父亲的百日祭。缅怀之际，我最想做的一件事，就是想给父亲打个电话。我盼望着，父亲能听见儿子的祈祷。于是，我把自己的三个电话号码（办公室、住宅、手机），写到了一页白纸上，在朗朗晴空下，化为灰烬。

顷刻间，几只黑色的蝴蝶在我面前飘舞起来。

父 辈

铝城是父辈们用肩膀扛起来的。

父辈们是铝城的第一代建设者。他们来自祖国的四面八方，有转业干部，有知识分子，有医护人员……更多的是衣着朴素的工人。他们怀揣着一颗火热的心，来到了荥阳上街村、二铺村、马固村一带，安营扎寨，打造中国铝业的江山。

这是一支能吃苦的工人阶级的队伍。父辈们风餐露宿，人拉肩扛，顶着苏联的经济封锁，战胜了三年自然灾害，在中原大地上矗立起一座巍峨的铝城。在那如歌的岁月中，父辈们挥洒的热汗，汇入了滔滔不息的黄河，成为隽永的绝唱。

难以想象那一座座高大的厂房、一台台巨大的机器、一根根粗大的管道，是怎样在父辈们的手中编织成为铝城的骨络的。但可以肯定地说，父辈们为此付出的心血、汗水，达到了人类劳动史上的一个顶峰。上街的铝工业基地，是中国六大氧化铝厂中第二个建成者。或者说，中国铝工业的第二大战役，就是在上街唱响的。那时的孩童们，也都会清楚地记得，父辈们参加万人大会战、参加停汽检修……那时的口号是"确保千吨列车不晚点"。

　　解读父辈们的心灵世界，莫过于儿女的视角。当年，尚且年幼的我们，对铝工业，对铝厂，有一种与生俱来的陌生感。而父辈与儿女间的亲情，则让我们消除了这种陌生感，并将我们融入铝城的万人大合唱。记得，我就是坐在父亲那辆自行车的大梁上，随父亲去了厂里，听父亲告诉我哪里是大窑、哪里是分解槽、哪里是锅炉房、哪里是水泥厂……面对厂区里那些轰轰隆隆的庞然大物，我幼小的心是恐惧的。但有了父亲的一次次启蒙，我走出了恐惧，化解了陌生，渐渐地认识到，父亲上班的地方，是国家最大的铝厂，是中国有色金属工业的脊梁。铝厂长大的孩子，像我这样，自幼就在铝工业的环境里耳濡目染。也许，父辈的用意就在这里，让自家的孩子从小就接受铝厂的熏陶，将来，做一个合格的接班人。一个现代化的铝工业基地，一代人干到老了，必然要有第二代人、第三代人顶上来。1976年，我进铝厂当了工人，父亲的脸上，分明写满了笑意。后来，我的两个弟弟、妹妹，都成了铝厂工人，有的还提拔当了干部，更是让父亲乐到了心里。

　　一个老工人，能将五个孩子都培养成铝厂的第二代建设者，这要付出多大的艰辛啊。有一件事，至今我铭记在心。一天晚上，父亲下班回来，喜滋滋地打开饭盒，招呼孩儿们过来吃"保健"。什么是"保健"？一看才知道，原来是香喷喷的肉片。父亲是个焊工，吃"保健"是很自然的。可父亲却舍不得吃，把"保健"拿回家来，让儿女吃。许多年来，每当我看到"保健"这个词语，就想起来当年那一饭盒肉片。年幼的孩子，怎会知道父辈的劳动强度有多高？更不可能知道他们为工作、为家庭，吃了多少苦，受了多大难。其实，像我们这样子女多的家庭，铝厂有很多，有的家庭，多达八九个孩子。可以想见，在父辈的心中，同时装着一枚太阳和一枚月亮。太阳是铝厂的事业，月亮

是儿女的笑脸。每天,太阳与月亮交替着上下班,一班赶一班。父辈们就在太阳和月亮间奔跑,直到白发苍苍。

就算儿女对父辈了解得再多,也未必能完全走进父辈那一代人经历的时空隧道。比如,我就不知道,父亲握着一把焊枪,究竟连接过多少块钢板?他又是怎样攀上那高大的厂房,让焊花洒满铝城的夜空?有个年轻的朋友,曾听我父亲讲过:有一天,父亲上锅炉房干活,他一个人用了七瓶氧气。我不知道那七瓶氧气是不是父亲独自背到锅炉房顶部的,但我可以想见父亲那汗流浃背的神态。父亲两次荣获"劳动模范"的称号,多次荣获"标兵"、"优秀党员"的称号。这些荣誉称号的背后,一个老工人付出了多少汗水,消耗了多少生命细胞啊。在那个火红的年代,父亲这一辈人,把全部身心都献给铝厂了。几十年来,有数不清的老干部、老工人,为铝厂熬白了头发,累弯了腰杆。每年,都要有一些老同志到马克思那里报到,寻个山清水秀的仙境睡觉。

一个现代化的铝工业基地,是一代又一代人用心血换来的。当铝工业庆典的锣鼓敲响时,当铝城大军向新的战役进发时,我们不该忘记铝城的老一辈建设者。因为,老一辈子人用肩膀托起来的基础,是新一代铝城人腾飞的天梯。

穿越大山

那年,我首次进入云贵高原的时候,不禁被泪水浸湿了双眼。哦,大山,望不断的大山,山连峰,峰成脉,竟是这样险峻绵长。我想起了父亲。20世纪60年代,父亲就是走的这条路,到了贵州,到了遵义,建设三线铝工业基地。内地与三线被这些大山阻隔着,父亲怎能不想家,怎能不思念妻儿老小?后来，父亲拖着病体从贵州撤回中原的时候，该是怎样一种复杂的心情呢？父亲向我描述的连绵群山，年幼的我，是想象不出来的。

列车在群山间盘旋，穿过一个又一个山洞。在父亲走过的这条路线上，我感到相形自惭，因为我们这一代人，再不会尝到父辈那一代人的艰辛了。我将心绪埋藏得很深，没有在同伴面前袒露。而当我们从云南返回来，再次进入贵州境界时，天空飘起了细软的雨花。烟雨茫茫，列车小心翼翼地行驶在山头之间，如履云端。望着那被雨花洗绿了的山野，我的心头说不清是种什么滋味。

从此，我对云贵高原便充满了感叹。我感叹那些大山，更感叹那些开发大山的建设者。

后来，我又有了机会南下。不过这次，是从云贵高原上空飞过去的。千山万水，一掠而过。有白云遮着，又高高在上，根本就领略不到大山的雄伟与险峻了。当然，回程，还是选择了铁路，走成昆线、宝成线、陇海线回中原，希望寻找到一种新鲜的体验。

只觉得火车在大山的肚子里钻来钻去，钻不完的山洞。好在有金沙江、雅砻江、大渡河时隐时现，不定时相伴于左右，才减去了几分单调与枯燥。脑子里反复想的是，当年要花费多少人工，来修筑这条贯穿云、贵、川、陕的大动脉啊！每当进入火车山洞的时候，总能看见五角金星悬刻在峭壁上，那一定是开山的英雄们留下的。当然，偶尔也可以看见铁路边的几朵孤坟，里面埋藏着筑路者的忠骨。

炸开十万大山，修筑这样一条南北大动脉，是何等壮观的人类奇迹啊！征服自然，穿越高峰，建设者谱写了多少可歌可泣的生命礼赞。一代又一代人前赴后继，就是为了让明天更加美好！

我读着那望不断的山脉，读着那黑森森的山洞，让思想的翅膀飞得很远很远。我坚信，到了未来，后人在对19世纪中国西南大动脉考古的时候，会像我们今天赞美长城、赞美都江堰那样，发出旷古未闻的赞叹！

非典时期的火车票

我已经决定了，还是走北京，回郑州。

家乡的亲人们，担心我受到非典的侵袭，要我将北京绕过去。我说，绕来绕去，还是要走到京广线上，而且，还不一定能买到车票。我已经拿到了北京开往郑州的火车票，我就不相信，非典能找上我！

对，不吃北京的饭，不喝北京的水，不与北京人说话，不上北京人家串门。亲人们纷纷为我出谋划策，叮嘱我一路上多加小心。

这是2003年4月20日的晚上，我刚刚在姥姥家看过了电视新闻。中央电视台播报了党中央总书记的声音。北京台的节目里，老专家们在教导人们怎样洗手，怎样戴口罩。我是在4月18日的晚上，从郑州出来的，护送着八十五岁高龄的姥姥，返回京东老家蓟县。出门之前，也听说北京开始闹非典了，但媒体都在说"非典已得到有效的控制"。我们并不知道真相，事实上，非典已经在北京滚雪球了。19日清晨，到达北京后，在去往长途汽车站的路上，大街上居然看不到一个行人！北京街头，如此冷清，着实让人心里发惊！我曾多次到过北京，这样的情景，还从来没有看到过。

在乡下老家住了三天，天天看电视新闻。媒体已经开始说真话了。非典来势凶猛，一批批人相继倒下。在这个节骨眼上，我要赶回郑州，实在是铤而走险了。来时，我就已经买好了北京南站发往郑州的火车票，4月21日晚上的，还是张硬卧。

我原打算要在北京探访几个朋友，也只好取消计划了。我和北京的朋友们通了电话，他们描述了当下的状况，每天从家里到单位，基本上是两点一线，不会客、不会餐，出门戴口罩。他们建议我，到北京来坐火车，一定要戴上口罩。我听从了朋友的劝告，专门打车到蓟县城里，买了一个口罩。让我惊奇的是，县城的街上，也已经有人戴口罩了！

4月21日下午4点多钟，我乘上了从蓟县开往北京的长途汽车。乘客不多，连我七个，只有一个女的戴口罩。于是，我也把口罩戴上了，不一小会儿，又摘了下来。因为从车窗欣赏田园风光，戴上个口罩，实在是有煞风景。

一个多钟头后，车子便驶入了北京通州。突然间，天色就变得很灰很暗了，没有了春光明媚的景象。放眼望去，通州街上的公共汽车中，有一半人戴着口罩。一种惊恐的感觉，栗然爬上了心底。我不知道，我真的不知道，到达北京后，会面临怎样的命运。于是，我将口罩严严实实地捂在了脸上，只露出一双黑亮的眼睛。眼睛上戴着眼镜呢，具有护目作用。

北京到了。到了东郊八王坟，乘客们都被甩下了车。我孤零零地站在天地间，选择去往南站的途径。望一眼地铁，从地铁里钻出来的人，百分之八十都戴着口罩。坐地铁，显然风险很大，况且，地铁不通南站，需要换乘公共汽车。打出租，也不可取，大街上的出租车，几乎都是空载。这说明，出租车被非典病毒污染的可能性最大。而公共汽车相对安全可靠，车上都贴着"已消毒"的告示，车窗也都开着，空气流通着。车上的人并不多，司乘人员和一些乘客都没戴口罩。决定了坐公共汽车过去，心里就踏实多了。仰头望望路边的正在建筑的楼房，民工们也都没戴口罩，一种好心情便油然而生了。我居然钻到路边的一个超市里了，买了几样北京出产的香肠。不然的话，岂不是白来一趟北京了？

从八王坟坐上公共汽车，我拉严了口罩，尽量将脑袋扭向车窗一侧，呼吸也不敢畅快淋漓。很快，车子就驶到了北京站（老火车站）。我需要在这里倒车。当我快步走过地下通道时，一个卖口罩的小伙子喊住了我："你的口罩太薄，再买一个！"我没有搭理他，我怎么知道他卖的口罩质量如何？又怎么知道他是不是非典患者？我冷眼瞧着北京街头的行人，没有老人，没有小孩，只有年轻人，而他们一律目光冷峻，脚步匆匆。"春天里的冬天"，这就是此时此刻我对北京的感觉。一种异样的情绪，爬满了我的心头，让我不寒而栗。很

快，我找到了开往南站的20路公共汽车。车子开得很快，不久，就经过了天安门城楼，通过了前门箭楼，穿过了大栅栏，拐进了珠市口……以往，这一路总是车水马龙，人群熙攘，可在非典时期的这个夜晚，却是车寥人稀。

我感受着共和国首都的这个非同寻常的夜晚。北京啊北京，正在经历一场没有硝烟的战争！

来到北京南站，天幕已经彻底黑了下来。旅客们都在站前广场候车呢，没人顾及广场的卫生状况。果皮、废纸、塑料袋举目皆是，而工作人员却难觅踪影。我坐在包裹上，吃着从老家带的干粮，喝着从老家带的凉开水，将焦虑压到了肚子里。开往郑州的2553次列车，终于检票了，工作人员出现了，举着喇叭，让优美的京腔从口罩中过滤出来。我随着乘客们自觉地排队检票，说来也怪，此时竟涌起了一种莫名的温暖与感动！北京，我们就要离你而去了，而你，要和非典做最后的决战！

次日清晨，我平安地回到了郑州。

我回来的第三天，从上到下，全面紧张地动员起来了，严查"三外"人员，特别是从北京等地回来的人员。随后不久，旅客乘车要量体温，从外地回来要隔离……几乎人人谈虎色变，个个草木皆兵。而我，由于回来的比较及时，没被列入"高危人群"，没有谁在意我。更重要的是，我确信，自己没有接触过非典病人，没有任何发热的征兆。

我庆幸，自己能与非典擦肩而过。如果再晚回来两天，结果会怎么样呢？

我手里保存着两张郑州往返于北京之间的火车票。这是非典时期，我从铁道部得到的特别珍品。它记录了我在非典时期亲历北京的一段真实体验。也许，百年之后，"非典时期的火车票"，将会演绎出一段历史的传奇。

消逝的电报

曾几何时，电报作为最快捷的通讯方式，深入千家万户。嘀嘀嘀，嘀嘀嘀……这边一嘀嘀，千里之外，马上就能收到发报人传递的信息。那时候，有了急事，最先想到的就是拍电报。"母病危速归。"简短的几个字，就能将在外地工作的子女招到身边。在部队当兵的儿子，拿着这样的电报，立即就能请下假来。不管是谁，拿着电报，都能在火车站买到车票。电报是特别通行证，手持电报的人，总能受到各方面的照顾。因为，电报给人的感觉，多是不幸的事。不到万不得已，人们是不会拍电报的。收报人接到电报，拆看之前，总要忍不住怦怦心跳。

当然，电报也会传递喜讯。比如，儿子考上大学了，第一时间内，用电报告知老家的长辈。又如，就要与恋人相聚了，拍封电报，告诉自己抵达的车次、时间。再如，国家和国家建交了，国家元首之间，也要互相发个贺电。总之，无论个人、家庭或国家，有了值得庆贺的大事、喜事，也会用电报的方式表达一番喜悦之情。

诚然，也有因为电报误事的。电文简短意赅，各地文化差异不同，稍有粗心，便会曲解得南辕北辙，留下笑柄。不过，笑的同时，人们总要这样自嘲："电报嘛，一字之差嘛。"虚惊一场，哈哈一笑，便也释然了。因电文错译而造成的笑话，实在令人捧腹。据说，本单位有一位名字叫"申国选"的同志在上海出差，单位给他发了封电报，不知上海方面怎么翻译电码的，邮递员送电报的时候，竟高叫"中国造"！一时传为笑谈。老申同志得了个"中国造"的别号，错出来人生的一段佳话。

电报应用的场景，还是在大量的反特电影中。无论敌方或我方，最抓人眼

球的镜头便是抓特务，而特务都会发电报。那些黑白片的老电影，这类镜头比比皆是。一旦破获了敌特的发报机，电影便接近胜利的尾声。当然，潜伏在白区工作的我方人员，也少不了使用电报。《永不消逝的电波》，将电报运用到了极致，孙道临扮演的共产党人形象，正是以电报为线索，深入到观众的心目中。而时下热播的电视连续剧《潜伏》，更是发挥了电报的妙用，将剧情推进得险象环生，惊心动魄。

自19世纪英国科学家库克和美国科学家莫尔斯发明电磁电报机以来，人类利用电报演绎了许多传奇故事。电报给人们的生活带来了便利，也成为传递情感的奇妙道具。正因为有了电报，人类的文明，才得以日新月异，人与人之间的故事，才显得格外曲折与生动。

不知从什么时候起，电报逐渐退出了人们的生活。电话普及了，传真机随处可见。BP机也为手机所取代，人们之间的联系，也不再像当初使用电报那样独特和神秘了。特别是手机短信的兴起，几乎取代了电报的功能，手指一按，心里想说的话，瞬间就发射出去了。人人都成了发报员，手机短信可以抵达任何角落。茫茫人海，你不知对方在哪里，手机短信却可以传递到对方的眼睛里。这就是现代科技文明的进步。电报被淘汰，成为历史的必然。

但是，电波却不可能消逝。没有了电报，不等于消逝了电波。说到底，现代化通讯，是离不开电波这个载体的。现如今，传递信息的方式有多种多样，最先进的，当属E-mail。发个电子邮件过去，既迅捷，又可靠。而电报，大概只会被留用在个别的高精尖领域了，老百姓更多的是对"电报岁月"的回忆式感慨。电报，退出了人们的视野，但它引发的能量，时常令人生出别样的感叹。

戴 手 表

好多年前，戴手表是一种身份象征。机关干部，有手表戴。工人中条件差不多的，也攒钱买手表。谈恋爱的小青年，更是以戴手表为要件。小伙子腕上戴块手表，就显得有家底，也显得帅气，姑娘就愿意跟他。关系定下来了，男方是无论如何也要为女方买块手表的，买那种时兴的上海女式坤表。有童谣为证："叔叔好，阿姨好，穿皮鞋，戴手表，手拉手，满街跑。"

记得我参加工作不久，父母商量："给德龙买块表吧。"于是，1979年的夏天，我有了第一块手表，上海牌手表。我下面有四个弟妹。我戴上手表那天，弟妹们都很羡慕我这个大哥。他们的羡慕，更让我感到了这块手表的珍贵。买这块手表，相当于我半年的工资了。那时候，我是个学徒工，每月工资才二十几元。家中七口人，只有我和父亲有正式工作，母亲打临时工。给我买块表，意味着家里的一项"重大财政支出。"

我很珍惜这块手表，常常将它锁在更衣柜里，舍不得戴。我是个开铣床的工人，加工零件时，需要使用机油做冷却液。而机油对手表是有腐蚀的。只有停机待料的时候，或开会学习的时候，我才把手表戴在腕上。当然，下班的时候，我是要戴手表的，并习惯于挽起袖子，让大家看到手表在腕上闪闪发光。有了手表，也就有了毛病，常常会情不自禁地、煞有介事地抬起手腕看看。即便有时没戴手表，也会下意识地做出"看表秀"。于是，便招人讥笑了："毛病！"

真是个可爱的"毛病"。

改掉这个"毛病"，是在后来的不知不觉中。因为，戴手表的人，一天天多起来了。"时间就是效益，时间就是金钱"，成为一个时期内响亮的口号。

越来越多的人，戴着手表，干出了效益，做出了业绩，受到大张旗鼓的表彰。许多英模人物被誉为"走在时间前面的人"、"与时间赛跑的人"、"一年干了××年的活儿。"而获奖者的奖品，很可能就是一块手表。单位搞庆典，搞福利，也看中了"时间老人"，或发手表，或发石英钟。一时间，几乎人人都有手表戴了，几乎所有的房间里都挂上石英钟了。又后来，五光十色的电子表也闪亮登场了，几块钱就能买一块，很快就由南向北普及了。

多年来，我的家中攒下了多块手表。有成家立业时买的那块上海表，有定亲娶妻时买的女式坤表，有厂庆时发的黄手表，有受表彰时得的石英表。也有我在业余创作中获奖的几款手表，如上海《故事会》杂志社奖励的手表、中国首届小小说金麻雀节颁发的手表，北京一家报社赠送的纪念手表……这些手表，我视为珍藏，也有的作为礼品，赠送给了晚辈。

岁月之河，静静地流淌。手表，已淡淡退出人们的生活领域。也许，是因为有了其他媒介的缘故吧。比如BP机和手机，都有时间显示，可以当手表用。还有，工作地点的固定电话，可随时拨通服务台，询问当下的时间；再有，看电视的时候，屏幕上显示着时间；打开电脑，也可以看到时间提示。

不知从哪一天起，我手腕上不再戴表了。我渐渐习惯于身着粗衣，在街头静心漫步。似乎，"计时器"对我来说，已经不那么重要了。闲暇的时候，我不必用手表管着自己了。如果，我想知道时间，到处都可以看到钟表。在各类公共场所，钟表举目可见。

走在大街上看，像我这样的人，不戴手表的人，很多很多。倒是偶然也能见到三两个戴表的人。看人家腕上款式新颖的手表，光怪陆离，便猜想是在炫耀财富，或是利用手表做某种"时尚秀"。因为那手表，多是世界名牌，价格几万、几十万、上百万不等，谁都未必能说准它的身价。不过，这倒是让我想起了一位伟人。这伟人，一生"三不带（戴）"：一不带枪，二不带钱，三不戴表，曾演绎出许多神圣的佳话。就让我们达到伟人的境界吧。此乃戏言。总之，戴不戴手表，对于今天的我们，是再普通不过的小事体了。

不久前，在街上遇见一位老同学。这老同学的腕上，银光闪闪，疑似戴块手表，疑似很高级的那种手表。待走近一瞧，原来是一只银手镯。不禁哑然失笑，笑他伪装成了"老干部"。看来，手腕上总该戴点什么，方显出地位或性格。老同学也大笑。他总会记得，年轻的时候，我们曾因为戴块手表而一逞英豪。

时势剧变，我们走进了火红的新时代。手腕上戴不戴表，真的无所谓了。因为，"时间"已经装在了我们心中，并激励着我们，朝向自由王国，高歌猛进。

理发的往事

理发，是"头"等大事，因为，万事要从"头"做起。男人每个月必做的"功课"，就是理发。就像割韭菜一样，一茬一茬剪掉疯长的头发。理过发，精神焕发，给人的感觉很帅。

小时候，理发的过程却很不爽。每次理发，都是由父母拿推子操剪刀，按住我的小脑瓜，强行修理"地球"。父母的技术很不熟练，总是拿我和弟弟练手。最难受的是时间难熬，每当理发的时候，便是上刑的时候，胸前围一块父母下厨房用的围裙，脖子里垫一块半旧毛巾，坐在板凳上，动不能动。手动的理发推子不好用，夹头发是常有的事，而且，头发茬子灌得满脖子都是，奇痒难忍。我是老大，要做表率，尚能忍耐这种"酷刑"，而两个弟弟则杀猪般地号叫。没办法，家里穷，父母省吃俭用买了把推子，修理三个儿子的脑袋，每个月能省下来一笔钱呢。20世纪六七十年代，到理发店理发，一次要花几毛钱。别小看这几毛钱，能省就得省，过日子就得精打细算。

父母对我这个老大有些偏爱。上中学后，竟给我钱，让我到理发店理发。中学生嘛，何况我是班干部，形象要体面，脑袋坑坑洼洼的很不好看。我享

受到了花钱理发的待遇，便格外孝顺父母了。每当父母呵斥两个弟弟理发的时候，我便充当"帮凶"，按着弟弟，不让弟弟乱动，由着父母悉心操练。我把弟弟当作小孩子了，理由很简单：小孩子的头嘛，随便理理就行了！

到理发店理发，一时成为我的乐趣。那时，还没有电推子，手动的理发推子，嘎吱嘎吱的声音，十分悦耳，有如收割机在欢畅地作业。闭上眼睛，倾听美妙的声音，无异于欣赏另类的天籁。当然，最快乐的，莫过于倾听理发员阿姨们聊天了。张家长、李家短、冬天冷、夏天热，说不尽的百姓话题，有滋有味，感觉就像听评书。尤其是她们讲起笑话来，通俗、夸张、且带悬念，引人入胜，回味无穷。于是，我自觉地成了理发店的回头客，每次来理发，很大程度上是为了能欣赏到妙趣横生的"评书"。

工作几年后，我成家了，懂得了过日子的艰辛，也知道省吃俭用少花钱的意义了。我上班的车间有个学雷锋小组，每周末，免费为大家理发。这下好了，我去理发店的次数自然就少了。在车间理完发，顺便在厂内澡堂洗个澡，回到家，清清爽爽。儿子理发怎么办呢？有他爷爷奶奶嘛。我把儿子领回家，爷爷奶奶已修炼成了理发高手，给孙子理发不在话下。其后十年内，两个弟弟妹妹都有了儿子，都把儿子领回家，让爷爷（姥爷）奶奶（姥姥）给理发。两位老人那个高兴啊，五个小脑瓜，一个挨一个理，嘴都乐得合不拢了。为了让父母高兴，我专门跑到郑州市里最繁华的德化街，买了把新推子。

不过，我怎么都没想到，许多年后，父亲瘫痪在床，母亲就用那把推子，为父亲理发，理了六年，直到把父亲送走。如果，母亲当年未曾拿我们的脑袋练手，父亲理发的问题，怎么解决就很难说了。时光如梭，父亲走了，母亲也老得不能再为儿孙们理发了。可当年一家人那温馨的感觉，却历历在目。

上 街 孩 儿

上街位于郑州西边三十七公里。上街长大的孩子，总是被周边地区称为"上街孩儿"。这种称呼，从铝厂建在上街那一天起，就滋味绵长地叫开了，一直延续到今天，半个多世纪了。

上街孩儿不同于郑州市里的孩儿，尽管上街是郑州的一个直辖区。上街孩儿也不同于荥阳孩儿，尽管铝城上街建在了荥阳的地界内。上街孩儿更不同于郑州的几个郊县——巩义孩儿、新密孩儿、新郑孩儿、中牟孩儿、登封孩儿……上街孩儿就是上街孩儿，身上透着一股子铝都人的精气神。上街孩儿是和铝厂一起长大的，上街孩儿"呱呱"一落地，就和铝厂同呼吸、共命运了。上街孩儿的眼睛，每天看到的是铝工业的现代流行色，每天听到的是与时俱进的时代交响曲。上街孩儿的衣食住行，都是用氧化铝换来的。或者说，上街孩儿，都是雪白雪白的氧化铝喂大的。

在20世纪的六七十年代，"上街孩儿"，几乎成了铝厂的代名词。上街之外的农村孩儿，以及其他地方的其他孩儿，极羡慕了上街孩儿。因为上街孩儿会说一口标准的普通话，决不把"中国"说成"中乖"；上街孩儿凭粮本吃细粮，拿粗粮去换鸡蛋；上街孩儿穿白球鞋，放学后不打猪草也不积肥。在农民兄弟和农民孩儿的心目中，上街孩儿是方圆百里最幸福的孩儿。上街有国家最大的铝厂，上街有随着铝厂兴盛起来的各行各业，上街人活得很滋润，上街孩儿活得更滋润。那年头，能在上街找工作，能进铝厂当工人，是许多农民兄弟、农民儿女最大的心愿。因此，上街周边的人，很自然地就把铝厂子弟提炼成为"工人孩儿"了。那意思再也明白不过了，"工人孩儿"幸福生活万年长，是农民孩儿脱胎换骨的理想与追求。"工人孩儿"——多么崇高而又迷人的称呼啊，哪怕在上街铝

厂当个临时工，也能风风光光地唱个肥喏了。当然了，把家里的闺女嫁到上街，找个铝厂的工人做女婿，那也是人前人后都显贵的阔事了。

是的，说上街孩儿，主要是说铝厂的"工人孩儿"。从某种意义上说，没有铝厂，就没有郑州的铝工业园区——上街。这倒不是说，"工人孩儿"有什么优越感，而是说，郑州文明史的进程中，注定要把"工人孩儿"写进史册的某一个段落。铝厂的建设者，来自于祖国的四面八方，他们有不同的民族文化背景，也有不同的区域文化特征。而铝城上街，作为一个移民城镇，文化的整合，特别是语言的提纯，必然趋同于先进文化的主流，最先受益的，当然是铝厂的"工人孩儿"。"工人孩儿"耳濡目染的是一个文化强企的环境，自然是腹有诗书气自华了。

毫无疑问，经过岁月的变迁，铝厂与上街区各行业，与周边农村，实现了深层次的文化融通，特别是通婚、通商、通路、通讯，促进了工农商贸的协调发展。原先的工农差别，越来越小了，某些领域甚至出现了"逆剪刀差"。如今，周边的人，包括郑州市里的人，说起时下的"上街孩儿"，是不分"工人孩儿"或"农民孩儿"的。一方水土养一方人，在人们心中，上街是一片神奇的热土，上街的大人小孩，吃的喝的都是铝厂的，就连身上的汗香，也是那么一股热辣辣的铝都风味。

铝厂曾经是亚洲地区最大的铝厂，号称中国铝工业的半壁江山。铝厂现今又是中国铝工业的强企，荣膺河南省经济腾飞的航空母舰。仅这些就够了，铝厂为郑州挣足了面子，也为上街挣足了面子，足以让铝城人自豪。现在，外地人一说到上街，一说到铝厂，总喜欢说成"上街铝厂"。可见，铝厂和上街，是唇齿相依的，是荣兴与共的。铝厂虽然几易其名，但它是上街的脊梁，这并未改；它是上街的希望之所在，这不会变。有了铝厂，上街就有了生生不息的活力源泉。

不是吗？一茬茬的上街孩儿长大成人，成为国家的栋梁之才，将铝厂打造成中国铝业的坚固长城，将上街锤炼成国家的银色巨龙。今天的铝城上街，第三代人已经在施展拳脚了。不管是老上街孩儿，还是新上街孩儿，品质感都是一样的。就是到外面闯世界，上街孩儿也是锐气十足。上街孩儿见了北京孩儿，不怯；见了上海孩儿，也不怯；见了深圳孩儿，更不怯。见了日本孩儿、英国孩儿、美国孩儿，还是不怯。上街孩儿底气足，是因为他们心中有一座巍峨的铝城。

我抄词典

1974年，我抄写了一本词典。那年，我十五岁，读初中一年级。

一天，我无意中发现同学有本《汉语成语小词典》。这可真是一本好书啊，那么多的成语吸引着我，为我打开了一片崭新的语言世界。我为发现这样一座知识宝库而激动，真想将它据为己有。我一次又一次跑新华书店，期望买到一本。可当时的书店，因为砸"四旧"，早就没得卖了。

我萌发了抄写一本词典的念头。那位同学很慷慨地把词典借给了我。1970年8月，十五岁的我，开始了抄写《汉语成语小词典》的浩繁工程。我意识到，自己可能是在从事一项个人生命史上最有意义的工作，于是，在抄写过程中，真真切切地记下了这样一组数字：1970年10月18日完，1970年11月11日完，1970年12月1日完，1971年1月2日完，1971年1月23日完，1971年2月9日20点完。

几百页的词典，我不可能用一个本子抄完，上面那组数字，就是每抄完一个本子的记录。一共用了六个本子。由于家境清贫，我没钱购买笔记本。我买的是写大字报用的那种大白纸，四分钱一张，裁成三十二开，折成六十四开。用蓝色圆珠笔抄写，字体很小，与原著中每条成语占据的篇幅大致相同。抄错

的地方，用红色圆珠笔更改，与会计记账的"红字"相同。当然，十五岁的少年，尚无档案意识。若干年后，我才明白，这样有意义的"手抄本"，应选用上好的纸墨，才符合家庭档案"永久"保管期限的要求。

历时半年，《汉语成语小词典》终于抄写完了。这是我耗费了半个暑假、一个寒假、一个学期的心血啊，中间还夹着元旦、春节和我十五岁的生日。脱稿那天，我为这部"手抄本"作了一个自序：《好好学习，天天向上》。当然，我没有忘记在自序中注明原著作者是北京大学中文系1955级语言班的同学，也没忘记写上借给我原著的那位初中同学的名字。最后，我像一个工匠那样，熬制了浆糊，封上了硬壳书皮，精心地将书稿装订完毕。

大功告成，我终于有了一本属于自己的词典。

日月如梭，这本词典跟随着我，到乡下插队落户；又相伴着我，走进了工厂大门。我从少年步入青年、中年，上了大学专科、本科，入了党，提了干，写下许多文章。工作之余，我爱好文学创作，在全国多家报刊发表文学作品，加入了中国作家协会。工作和创作中，我时常查阅词典，而"手抄本"成为我最好的朋友。

是的，常年与文字为伍，我的案头早已有了正宗版本的《汉语成语小词典》。那是完成"手抄本"的第十二年，也是我参加工作后，单位奖励给我的，标价才六角五分钱。可是，在1970年，我却不得不以一颗少年之心，一笔一画临摹它。抄写一本词典，使我终生受益，其价值又该如何评估呢？

回乡的路

回乡的路，我走了三十四年。

1974年，我在河南省沈丘县插队落户当知青。许是命运的缘故吧，下乡仅半年，我便得了急病。幸而我是"毛主席派来的知青"，县人民医院对我进行了全力抢救，给了我第二次生命。病愈后返回郑州，时光竟一闪过去了三十四年。

这些年来，我时常惦念那些给了我新生的人，希望能回一趟沈丘，找一找当年为我疗疾的医生，看一看乡下的父老乡亲。感恩之情牵扯着我，日里夜里想了千百回，终于在2008年的国庆假期里，了却心愿，踏上了回乡的路。

没想到，从郑州到沈丘，高速公路竟如此快捷。仅三个小时，便下了高速路口。当年这几百公里的路程，咋说也要走一天呢。下高速后，十几分钟后，便到达了沈丘县人民医院的新址。我向值班领导打探当年为我操刀的外科刘大夫。值班领导告诉我，你说的是刘传杰吧，几年前去世了。我不禁愕然。晚了，我来晚了，见不到救命的恩人了！我为什么来晚了呢，三十四年啊，我为什么现在才来呢？心里不由得自责起来。人的一生中，有许多事，是不能吃后悔药的。

内疚伴着遗憾、惆怅和茫然，充满了目及的空间。

说句实话，三十四年后，重返沈丘，我真的不知道还能见到谁。老一辈的人，谁还健在？同辈人，谁还守护在村庄？不知道，我真的不知道。那就只好听由命运之神的指引了，见到谁算谁吧。我的心绪渐渐转移了焦点，想到即将见到的那些熟识的或不熟识的乡亲，眼眶竟发热了。

刘庄店公社、杨庄、梨园、白杨树、知青点。乡村的镜头，一一在脑海中闪现。杨茂修、杨茂品、杨茂生、杨茂平、杨茂兵、杨奎元、杨新芳、纯良、喜良、黄毛、大瓢、撅头、彩、瑞、平、平她娘……一张张生动的笑脸，在眼前切换。乡

间公路两旁那高高的白杨树，是当年迎接我们的小白杨吗？脚下的路，千万人走过千万次，我们留下的脚印还在吗？知青点门前，那个飘着绿叶的水坑，还有吗？

载着我的车子，一路打探着，终于来到了我们的知青点——杨庄。

可是，我却认不出它来了。"这就是杨庄啊！"一位朴实的农民告诉我。他正在路边晒玉米。

这真的是杨庄吗？从前的土房、草房，全都没有了，就连我们住过的"外包青"（里墙为土坯，外墙为青砖）也不见了。呵呵，全都是红砖水泥顶的房子呀，有的院墙贴着瓷片，有的上着铁制的大门，路边停着农用机动车、摩托车……真的，我已经认不出杨庄了。三十四年前，那个一穷二白的杨庄，哪去了？想当年，农户的房子，哪里有院墙呢。现在，高墙大院，举目可见。

一位热心的大娘（我不知她是谁），将我引到了杨新芳的兄弟家。杨新芳的侄女用座机打通了杨新芳的手机。很快，杨新芳就从地里回来了。哈哈，这位粗壮的"农村文化人"，憨厚的中年汉子，笑容满面地站到了我面前。当年，他和我们知青最要好。他是村里不多见的高中生，他爹杨茂修是我们的生产队长，他叔杨茂品是我们大队的团支书。

杨新芳和我说笑着、叙着旧，随手抓起了药瓶子，让我看，说是"正在减肥"。我忍俊不禁，哈哈大笑，农民大哥开始减肥了，生活真的好起来了！我不是调侃，看杨新芳家的房子，哪里有当年贫穷的影子呢！当年，有这样的歌谣形容沈丘农民的疾苦："红薯片，红薯汤，红薯面条、红薯馍，离了红薯没法活！"那时的农民，穷得喂不饱肚子，每天只吃两顿饭，早饭是红薯茶，即白开水煮红薯片，午饭是红薯面条、红薯馍或蒸红薯。一年到头，几乎吃不上大米白面，最好的饭食是黄豆面条。哪有菜吃呢，辣椒剁得粉碎，还要弄得很咸。饭桌子是没有的，蹲在门前，抱着大碗，碗里装的全是红薯货。而我们知青，却截然不同，因为有政策照顾，不但能吃上白面条、白面馍，每月还有十几块的零花钱。每当我们开饭的时候，知青点总是围着些孩子，那渴望的眼神，至今让人惴惴不安。

杨新芳领着我，去了田间地头。也许，我来的不是时候，村里人都在地里干农活儿呢。我又忍不住感慨，城里人的国庆黄金周，乡下人却在忙秋收。看见我过来了，人们的神色很惊异，迅即化为惊喜，纷纷喊出了我的名字！我的脸上乐开了花，心里笑开了花。也很快就喊出了一些人的名字。但有些人的名字，我是叫不上来的。比如，纯良的媳妇，瑞的兄弟。叫不上来，人家也不生气。纯良的媳妇高声笑道："今晚到俺家吃饭，一块喝两盅！"

这就是豫东大平原上最普通的农民。大平原是那样平坦，农民的情感无处可藏，全都热辣辣地端出来了。

我兴高采烈地往前走着，杨新芳指给我看，他叔杨茂品正在装车收庄稼。我的心猛烈地冲撞着，杨茂品，他是我最希望见到的人了！当年，是他，把我们五个知青，从公社领到了杨庄。又是他，在我病危之际，组织知青和农民，将我抬到了公社卫生院，又转送到沈丘县人民医院。还是他，在我的手术单上，代表组织签了字，赢得了最宝贵的抢救时间。那时的城乡之间，通讯和交通极为不便。当我父亲从郑州赶到沈丘时，我的手术已经做完。可以说，没有杨茂品的护送和签字，没有他和农民兄弟的争分夺秒，我不会有今天。

"秦德龙！"杨茂品喊出了我的名字。当我站在杨茂品面前时，他喊出了一个知青的名字。杨新芳没有提示他。杨茂品，这位年已花甲的团支部书记，还是准确地喊出了我的名字。

百感交集。所有的语言或谢词，都是苍白的。

"三十四年了！"杨茂品动情地说。

"三十四年了！"我的眼角溢出了泪。

我给乡亲们敬烟，我给孩子们吃糖，我让随行的朋友为我和故乡的亲人照相。三十四年的路，很长，很遥远。今天，我回来了，回到了阔别三十四年的村庄，回到了有养育之情、有救命之恩的第二故乡。

....

我要返回郑州了。离开杨庄之前，我留下了我写的一本小说集《太阳会跑》。我希望，我的小说，能告诉乡亲们，我走过了怎样的人生足迹。我不知道，乡亲们会怎样解读我的作品。他们一定想不到，当年，杨庄的一个知青，死里逃生的一个知青，现在是中国作家协会的一员。

第三辑 吾家儿子

吾家儿子

一

我儿子是个与众不同的孩子，声称不想长大。我必须弄清他脑袋里想的是啥，谁让我是他的父亲呢？

"告诉爸爸，你为什么不想长大？"

"长大了不好！我想永远当个小男孩，永远玩！"

"可是，小孩子总是要长大的。上学读书，将来做个有用的人。"

"我最烦背着书包上学了。上学的孩子，没有丝毫的快乐。就为了读书，就为了将来有个工作！"

"这不对吗？小孩子的成长过程中，同样可以获得快乐呀。就说玩吧，大人、大孩子，比小孩子都会玩，有意思多了。"

"爸爸，我只愿自己是只快乐的小鸟，想飞到哪儿，就飞到哪儿！"

看来，这孩子着魔了。他不相信大人，不相信未来，他只愿做一个无忧无虑的孩子。也许，他心里装的事儿太多了。这一生，每个人都是这样，上幼儿园、小学、中学、大学、就业、成家……数不尽的烦恼，往往让家长们焦头烂额。随他去吧，他不想长大就不长大吧。也许，他现在还不明白，小孩子长成大人，是不以个人意志为转移的。

我嘿嘿地笑笑，用手拨了拨儿子的小脑瓜。然后，我像踢皮球一样，踢了他的屁股一脚，将他射出去了。我明白物极必反的道理，不能把他逼跑了，让他成为一个流浪儿童。那样的话，就太可怕了。

随他便玩吧，总有一天，他要长大成人的。就像地里的瓜蛋，不用管它，准能长成又大又圆的甜西瓜。

我偷偷地观察着儿子。果然，他是快乐的。一天到晚，又蹦又跳，又笑又唱，全是小孩子的把戏，乐无忧。儿子和所有的小动物都是好朋友，我们家先后来过小猪小羊小狗小猫小鸡小鸭小鱼小虾乃至小麻雀和小蚂蚱，还有一些形形色色的我叫不上来名字的小虫子。儿童的天性就是玩，玩是童年的最大快乐。我深知这一点，对儿子特别宽容。我竟然产生过奇异的想法，我会不会跟着儿子回到童年呢？或者说，沿着时空隧道，变成荒岛上最原始的一族？

我也看到了儿子作为孩子的种种缺点。譬如说，任性、自私、骄傲、自负、责任心差……有时，儿子甚至是残酷的。当他发现一只小鸡长成大公鸡后，便用刀子抹了鸡的脖子。还有，就是他惧怕死亡。当他知道人老了必死无疑时，竟号啕大哭。

我不得不郑重地告诉他，小孩子总是要长大成人的。不管怎么说，他是家里未来的男子汉啊。将来，我老了，一切不都指望他吗？

可是，儿子仍然在玩，没心没肺地玩，家里的一切，似乎与他无关。仿佛，他要摆脱一切，扔掉一切。

妻子不止一次地提醒我，是否关口朝前移动，跟踪一下儿子，以便对症下药。

我不置可否。

我明白不能那样做。因为，我发现了儿子的一个秘密。家里的阳台上，雪白的墙面被儿子画上了道道。那些道道被我破译了，它表明儿子在悄悄地丈量身高。当然，那些道道是由低处往高处累积的。

没错，儿子正在茁壮成长。每天，喝牛奶、吃面包、嚼肉块，能不长大嘛。吃喝拉撒睡是一个人的生长轨迹啊，周而复始，直至生命停止。在这个轨迹中，任何人都摆脱不了生命的本能，包括儿子。

我发现，儿子的嗓音在变。喉头长出了一块肉疙瘩，发出与少儿时代不同的闷声粗气。他不但蹿高了个头，胳膊上的肌肉也老鼠似的滚来滚去。一切都在表明，儿子正在长大成人。

二

也不知从哪一天起，儿子和我格格不入了。也就是通常说的"代沟"，在我和儿子之间挖出来了。我说上东，他偏说上西；我说吃瓜，他偏说吃梨。在儿子面前，我基本上丧失了话语权。

话语权的丧失，突出表现在我对新物器的使用上。家里那台电脑，是儿子亲手组装的，儿子不断地对电脑软件升级，每升级一次，我都要向他请教好多天。我笨拙地用纸片记录着操作顺序，就像初学英语的人，因不得要领，为英语单词的发音注上"同音"汉字。可当我刚刚掌握了一些皮毛，儿子突然告诉我，软件又该升级了。他的意思无非就是让我出钱，以便他给电脑换血。这令我大为恼火，不得不恼怒地向他宣讲一番"新三年旧三年，缝缝补补又三年"的道理。

儿子争辩道："电脑就是这样，需要不断地升级。你不升级，你就落后，就要被淘汰出局！"

儿子敢说我落后，敢说要将我淘汰出局，气得我真想捶他。说实在的，电脑是我的滑铁卢。每当儿子说要"升级"时，我就忍不住发火。每升级一次，我就要愤怒一次。我容易吗我？好不容易学会了，一升级，我又不会了！

我发火的时候，儿子就赌气不理我了。当然，最终投降的总是我。乖乖地出钱，让儿子给电脑升级。不然的话，他就要去找他爷爷了，让他爷爷修理我。

爷爷和孙子，那是隔辈亲。爷爷最听孙子的话。爷爷听了孙子的话，就来修理我这个当爸爸的了。没办法，当爸爸的，只能干瞪眼了。

说实在的，我玩不转电视频道，需要调频道的时候，只好让儿子动手了。

我连电视频道都玩不转，在儿子面前就更没有话语权了。我常常思考这样的问题：儿子的本事从哪儿学来的呢？他敢向我指手画脚，是谁在背后指点他呢？

于是，我决定对儿子展开调查。当然，我不能告诉他，我要调查他。调查儿子，是一件神秘而有趣的事。若让他知道，这事就不好玩了。虽然，他还不是成年人，可毕竟是有隐私权的。

在一个光天化日的下午，我摸进了儿子的房间。平时，他禁止我擅自进入他的领地，严禁我乱翻他的东西。说实话，进入儿子的房间，从事"间谍"活动，我是有几分心虚的。但一想到我在行使监护权，也就变得理直气壮了。遗憾的是，翻了半天，一无所获，未发现任何有价值的线索。我本以为他有一本秘不示人的日记，只要打开日记，我就能洞察一切。可是，我错了，儿子根本就没有日记本。

三

我要求儿子写日记了。我对儿子说："你从现在开始，写日记吧。每天的所见所闻，都记录下来。我像你这么大的时候，就应该写日记。可惜，我没写。很多有趣的事，没记住，真遗憾啊。"

儿子看看我，什么都没说。

我知道，写日记是一件很无聊的事。因为，生活往往是平淡无奇的，哪有那么多有趣的事值得记录呢？

每天，我都要检查儿子写的日记，若是发现儿子某一天没写日记，就会呵斥他、批评他。有一次，还差点打他的屁股。

为了当个好孩子，儿子很认真地写日记了。

也就是编造生活。美好的生活，在儿子的心中并不存在，可他硬编了出来。让美好的事物和词句，流于笔下，流于纸上，儿子做得到。

儿子的《记一件好事》是这么写的:"今天,我扶着一位老大爷过马路,警察叔叔表扬了我,说我是个好孩子……"这件好事,是他编造的。他把日记拿给我看,可我竟没看出来是假的。我摸着他的圆脑瓜说:"好,就这么写。我要把你写的日记,拿给老师看!"

老师也没看出来他编造的谎言。老师在班会上朗读了他写的日记,还表扬了他。我鼓励他继续写下去。每天一篇,不得中断。他按照我的嘱咐,写了一篇又一篇。其中有一篇写的是《雨后》:"这天雨后,我和几个小朋友正做游戏呢,发现了一名迷路的儿童。我就把这个迷路的儿童送回家了。"他把这篇日记拿给我看了,我又表扬了他,还给他买了一盒糖果做奖励。我只顾表扬他了,根本就没在意"这天"并没下雨。《雨后》这篇日记,纯属他心血来潮编造出来的。

就这样,儿子开始认真地编写日记了,编写得很投入,且天衣无缝。每天,儿子都要编写一篇日记,全是说自己如何做了件好事。我知道儿子是瞎编的,但我读了儿子写的日记,总要表扬他,总要给他物质奖励。他已经不感到丝毫的不安了,反而觉得自己很自然,很高尚。

有时,儿子也很麻木。我偷偷地观察儿子,尽管他意识到了自己每天都在复制和粘贴枯燥的生活,但还是要煞有介事地要编造日记。我经常检查儿子写的日记,老师经常朗读儿子写的日记。总之,儿子是不愿意觉醒的,不愿意丢掉家长的表扬,更不愿意丢掉老师和同学们的掌声。

在我的督促下,儿子把写日记这件事坚持下来了。日复一日,年复一年,写了厚厚的十几本日记。我知道,这等于欺骗儿子。可是,有什么办法,生活不是在欺骗我们吗?有一天,我甚至做了一个梦,梦见儿子成了个写日记的名人。报社记者采访了他,媒体选登了他写的日记。凭着那些闪闪发光的日记,儿子赢得了鲜花和掌声。

一梦醒来,已是早晨,我发现儿子还在伏案编写日记。我的脸色红了起来,浑身发烧。终于,我放低声音说:"小孩子,写什么日记?出去玩吧!"

儿子不认识似的看看我。然后,欢蹦乱跳地跑出去了。

我决定，不再要求儿子写什么狗屁日记。说到底，写日记，不过是一种文字游戏。

四

儿子已经长高了，却总是和我对着干。好像儿子就是这么当的，永远和父亲对着干，永远和父亲唱对台戏。

我曾经问过朋友，这是怎么回事？

朋友笑道："就是这么回事，这才是父子啊。"

朋友甚至说起了古希腊弑父的故事，说得津津有味。朋友说："儿子和老子针尖对麦芒，天经地义。"

我下了一跳，我可没想到这层意思。说到天边，我也不相信儿子会杀我。说老实话，我不想与儿子为敌，或者说，我不想让儿子与我为敌。于是，我在心里做出了妥协。儿子大了，打也打不得了，打也打不动了，儿子想怎么办就怎么办吧。

儿子的目光不再敌视。

有一天，儿子在我面前骄傲地宣称："爸爸，五年之后，我一定让您刮目相看！"

我不知道儿子将怎样开始行动。但有一条他可以确认，儿子绝不会胡来。儿子身上毕竟有我的基因，血管里毕竟流淌着我的血脉。

我当然不会对儿子彻底放心，总想知道儿子心里藏着哪些秘密。儿子再次宣布，不经过允许，家长不得擅自进入他的房间。每当儿子出门的时候，总要冷冷地剜我一眼，那意思很明白，不许我跟踪他，成为难看的尾巴。

有一天，我骑车走在街上，发现儿子掐着香烟立在马路旁。儿子似乎没看见我。儿子心不在焉地盯着一个路口，偶尔吐出一个很漂亮的烟圈儿。我轻轻地来到儿子的面前，出其不意地问："香烟的味道很不错吧？"

儿子哑然失笑，掐灭了香烟。

我骑车远去，相信儿子会找机会同我说点什么。吸烟有什么好处呢？没有任何好处。我就不吸烟，而且，不喝酒。我只喝白开水，每日粗茶淡饭，心情特别宁静。

但是，儿子并没有对我做任何解释。

儿子压根就不提这件事，只是再未让我见过吸烟的场景。倒是我频频找儿子谈话，问这问那，都是关于电脑和网络的话题。儿子的确是个电脑高手，无师自通，没有解决不了的难题。

我暗自佩服儿子，心里很为他骄傲。

我感到了欣慰。

五年的时间过去了，我没有忘记儿子当初的宣言。我已经承认，儿子在许多方面，是我的老师，我连给儿子打工的资格都不够。家里那台电脑，早就被儿子玩烂了，硬件升级过N次了，软件也升级过N次了。

五

我不止一次反思过自己，也许，我的教育方式太简单了。以前，我总是站在儿子面前说话。当然，多是训斥儿子。每当我发火的时候，儿子闷声不语，将脸扭到一边去，不看我。

一个偶然的机会，我参加了一个礼仪培训班。礼仪老师温声细语，讲解了许多礼仪常识。如怎么坐，怎么站，怎么走路，何时说"请原谅"，何时说"对不起"……礼仪老师还说了个细节：和小孩子讲话，最好将身子蹲下去，这样才和小孩子平等。

我眼睛一亮，知道儿子为什么和我僵持了。我总是采取居高临下的态势，总是以大人的口吻训斥儿子，儿子当然不爱听了。

于是，我改变了自己的姿势，在儿子面前蹲了下来。

可是，儿子似乎没发现我的变化。仍然和我叫劲。即便儿子理屈词穷，也只是掉几滴眼泪。

我坚持着让自己蹲下去。说任何事情，都保持"蹲"的姿势。

儿子终于注意到我蹲下了身子，神情不那么倔强了。

我心里有些窃喜，庆幸自己搭建了与儿子对话的平台。今后，我就要在这个平台上伸展拳脚了，让儿子从我身上学到一切值得学习的东西。

有些话，儿子也愿意对我讲了。

可是，我没想到，儿子说出的话来，竟把我噎得半死。有一次，儿子对"蹲"着说话的我说："知道吗？我鄙视你！"

我吃了一惊，但还是做慈祥状，扯着儿子的衣襟问："为什么？你怎么会鄙视爸爸呢？"

"因为，您蹲着和我说话！我厌恶您蹲着说话！"

"我蹲到你面前说话，是和你建立平等关系啊。"我依旧"蹲"着，认真地说。

"您在作秀！蹲着说话，就是作秀！"儿子的话，十分坚硬。

我有些愤怒，却把火气憋在了心里。儿子看我一副尴尬的样子，挺起小胸脯，迈开小腿，大步流星地走了。

我站了起来。挠了挠头皮，不知如何是好。

我找到了那位礼仪老师，诉说了原委。

礼仪老师笑了："我在课堂上讲了什么，我已经记不得了。就算我讲过那些话，也当不得真。其实，蹲着和小孩子说话，那要看什么情况。对吧？不分时间、不分场合、不分理由，一律在小孩子面前蹲下去，也是不可取的。对吧？"

我困惑地望着礼仪老师，不理解老师怎么前后矛盾。

礼仪老师笑着："有些道理，你仔细想一想，就会明白的。对吧？不然的话……对吧？"

我依旧一头雾水。

老师笑笑，拍拍他的肩膀，表示送客了。

回到家，我又恢复了站着说话的姿势。我在儿子面前站得很直，如一棵大树。儿子低着头，一声不吭。我突然发现，儿子长高了，像拔节的秧苗，茁壮成长。我说完了要说的话，儿子竟对我露出了笑容。

"你笑什么？"

"爸爸，您这才像个爸爸。"

"怎么，我蹲下去和你说话，就不像爸爸了？"

"爸爸，您没必要嘛。我是您的儿子嘛。"儿子踮起脚，俯在我的耳畔说："爸爸，和高人在一起，小孩子才能长本事。任何蹲下来说话的人，都是在浪费时间，都会被自己的孩子看不起！"

儿子说完，撒腿跑了。

我突然有所醒悟。儿子再小，终究要长成大人的。儿子总要超过大人的，从各个方面。小孩子需要仰视，长大后才能平视乃至俯视。

想到这里，我笑了。

以后，我和儿子面对面交流的时候，采取了站姿。儿子则抬起头，仰着脖子和我说话。有时候，儿子还踮着脚尖同我比个头呢。

儿子经常说的话是："爸爸，我快要超过您了！"

这让我心花怒放。

六

我总得和儿子做点什么，才感觉对得起儿子。既然要和儿子交朋友，就要和儿子在一起做游戏。当然，无论玩什么游戏，都是为了教育儿子。索性就带着儿子玩，让儿子玩个痛快，也叫作寓教于乐吧。

我决定和儿子玩一种"死亡游戏"。一家三口人，轮流着装死。"死者"

躺在床上，听着另一个人致悼词，第三个人则垂泪默哀。这虽是个游戏，却充满"死亡"的味道。让我想不到的是，儿子对这个游戏很感兴趣，每次都玩得像真的一样，甚至抢着给我致悼词。不过，经儿子这么一闹，悲痛的气氛变成了欢乐的氛围，变成了欢快的闹剧。

每逢该我"逝世"，我都会静静地躺在床上，听儿子低声朗读悼词，儿子的语调是悲痛的："×××同志，生于××××年，原籍××省××县，因病经多方抢救无效，于××××年××月××日××时××分去世，享年××岁。他的去世，使我失去了一位好父亲，妈妈失去了一位好丈夫……"致过悼词，儿子总要煞有介事地说："爸爸，您安息吧，孩儿一定会照顾好妈妈的！"

然后，儿子就会揭掉罩在我身上的白单子，高叫一声："好了，爸爸，您可以起来了，您的追悼会开完了。下面，该给我开追悼会了。"

接着，儿子便躺到了床上，盖上白单子，闭目假死，等我来治丧，等我给他致悼词。每次，儿子装死的时候，我和妻子都会忍俊不禁。但我们夫妻俩必须装得和真的一样，哭天抢地，历数儿子的种种优点，说儿子不该这么小就死去。当然，儿子的缺点，我们也不放过，总要趁机说出来。儿子有时会睁开眼睛，指出我们说的某一个缺点并不准确，并要我们当场更正。我和妻子按照儿子的要求，立即整改，把缺点描述得更准确些，让儿子"死"后瞑目。

这样的游戏，总是令全家人开心不止。

我们"死亡"的程序，基本上是固定的。先是我"死"，然后是儿子"死"，最后是妻子"死"。我"死"的时候，总要细心听取儿子或妻子对我的评价，从悼词中观察他们对我的看法。这个游戏主要是带儿子玩的，我和妻子就是要利用这个机会，把儿子最不爱听的话说出来，让儿子懂得应该明白的道理。相比之下，妻子的"死"就很不重要了，完全可以说是逢场作戏。不过，妻子却是认真的。有一次，妻子"死"过后对我说："我若是真的死了，你可不许亏待了儿子！"

"哪能，哪能！你不会死，你不能死！好人怎么能死呢！"我哄着妻子。

儿子一天天长大了，全家人还在坚持着玩这个游戏。每次玩这个游戏，

"死"去的人，都会悟到些什么。尤其是儿子，与同龄人相比，显得豁达多了，成熟多了。

七

　　不能总在家里玩死亡游戏，儿子需要实地锻炼。有一天早上，我带着儿子去参加一场葬礼。让儿子见识一下葬礼的场面，理解人生的终极意义，可能是一种更绝妙的教育方式。一个人的成长历程中，有必要受到黑色教育的熏陶。

　　哀乐低旋，殡仪馆笼罩在沉痛的气氛中。儿子和我一样，胸前佩戴着白花，神色忧郁地站在吊唁的人群中。

　　向遗体默哀。聆听悼词。向遗体告别。葬礼的完整程序，为一个终结者的生命，画上了句号。

　　死者亲属悲伤欲绝。人们潸然泪下。

　　我的眼角也浸着泪。我擦泪的时候，下意识地瞧了一眼儿子。儿子的表情，悲伤而又无奈，茫然而又冷酷。目送死者升入天堂，活着的人，内心的感受，是无法用言语来表达的。

　　我和儿子默默无语地回了家。

　　儿子要我讲述死者的故事。于是，我开始讲述。有某个完整的故事，也有某些故事的碎片。这一切，构织在一起，死者平凡而又真实的形象，立体地呈现在儿子的眼前。没错，死者是一个普通人，更是一个普通的善良的好人。

　　好人也会死去。儿子若有所思地说。

　　到了冬天，上帝总是不断地发出邀请，请走一些人，到天堂去做客。黑色的讣告，接二连三地贴了出来。

　　只要有讣告贴出来，只要我与死者相识，就一定会带上儿子，出席死者的葬礼。

　　这一次，死者是一个老同学的父亲。

我告诉儿子，老同学是我最要好的朋友，而老同学及其父亲现在都有了显赫的社会地位。儿子眨了眨眼睛，淡淡地说了句："那，葬礼一定很热闹喽。"

死者的葬礼十分隆重，殡仪馆的门前，停了几十辆轿车，放了数十个花圈，有数百人前来吊唁。

我的老同学，死者的儿子，牵着一个小女孩出现了，身后跟着一个年轻女人。我知道，小女孩，是老同学和年轻女人所生，年轻女人是老同学的新老婆。这种场合，小女孩作为死者的孙女，来祭拜爷爷，是完全应该的。可是，老同学的一群家人却冲出了吊唁厅，不准这一对儿母女进入。他们又吵又闹，乱成了一锅粥……

原本隆重的葬礼，只得草草收场了。

儿子对这场葬礼的评述，显出了独到的见解："生前有再多的财富，再显赫的地位，也未必就能换来儿女们真心的眼泪！"

我轻轻叹了口气："是啊，葬礼是最能反映血肉亲情和人情世故的。看一个人，通过参加他的葬礼，能看出个八九不离十！"

儿子又说："葬礼是做给活人看的。来那么多轿车，送了那么多花圈，不都是冲你那老同学来的吗？你那老同学若是不当官，会来这么多人吗？花圈，不是送给死人的，是送给活人的！"

儿子的话，有些偏激了。我拦住儿子的话头说："死者的为人处世，成败得失，就看他的葬礼了。儿子，你爸我，也会有这一天。那时候，我闭上眼睛了，要好好地听听人们是怎么对我评价的，这就叫盖棺定论。"

儿子笑了笑，点了点头。

我领着儿子，先后参加过十几场葬礼。十几个和我相识的人，被上帝请走了。每走一个人，我都要和儿子去殡仪馆参加葬礼。

我对儿子说："我时常想起过世的那些老人。许多道理，都是在自己的老人过世之后，才突然猛醒的。"

儿子说："爸爸，我懂了。您用死亡教育我，就是让我早些明白道理，而不是在父母死了之后。"

八

　　我已经发现儿子的一个特性。儿子同我说话的时候，不再像小孩子似的仰望我。儿子同任何人说话，都是平视对方。是的，再精明的人讲话，儿子也会与对方平视。同样，如果有愚钝的人在场，儿子也是平视。

　　我不再要求儿子做什么，什么都不做。我已经过了"知天命"的年纪，开始向"耳顺"的阶段靠拢了。看什么事，都从善如流了。我心宽体胖，整日穿着平跟的老布鞋，四平八稳地在街上晃荡。

　　儿子已经成了家，也买了车。我不知儿子整天忙些什么，也不问，问了也不懂。

　　偶尔，儿子也会陪着我散步。有一天，穿越马路的时候，儿子告诉我应该走斑马线。儿子一手搀着我的胳膊，一手揽着我的后背，唯恐我有什么闪失。

　　这一刻，我突然觉得自己变老了。

　　是啊，我真的变老了。许多人的名字，我已经叫不上来了。十一位数的手机号码，怎么也记不住了。

　　但我记住了儿子的手机号码。那是我花了几天功夫，硬背下来的。有一天，我骄傲地给儿子背诵了这个手机号码。

　　儿子惊异地望着我："您是怎么背下来的呀？"

　　"十一个数字，先背三个，然后背四个，最后再背四个。"我扬起脸来，对儿子微笑。

　　儿子灿烂地笑了。

　　儿子笑道："为了您，我要永远使用这个手机号码。"

　　"我只要记住你一个人的手机号码，就够了。"我以无限慈祥的目光，满足地望着儿子。

租 赁 爸 爸

茂祥的三轮车坐了个孩子。这孩子不是茂祥的孩子，是个城市孩子。城市孩子，人小鬼大，才七八岁，就会自己打三轮了。这孩子打三轮的时候，对茂祥说了个条件，要求茂祥顶替他的爸爸，去学校开家长会。如果答应的话，不但给两块钱车费，还给十块钱会务费。

答应，怎么能不答应呢！茂祥乐歪了嘴，既占了便宜还挣钱，上哪找这样的好事去？

茂祥把孩子扶上了车，问孩子：我还不知道你叫什么名字呢，我给你当临时爸爸，总得知道你的名字呀。

孩子说：我小名叫小多多，大名叫杨多多。

茂祥说：好啊，小多多，我现在是你的爸爸了。

杨多多说：不对，你现在还不是！你现在是个车夫！

茂祥的心一沉。是的，孩子说的没错，自己就是个车夫。

杨多多又说：到了学校，你去开会，那时候，你才是我的临时爸爸。开完会，我给你十二块钱，你走你的，明白吗？

茂祥咽了咽口水说：明白，我一定认真开会。

学校很快就到了。

家长会，是一个有很多家长参加的会，谁都不认识谁，很好混，谁都能混。茂祥混在人堆里，听老师点名。老师点的是学生的名，点到谁了，谁的家长就答应一声"到"。老师点到杨多多时，茂祥随口就答应了，就像杨多多真是自己的儿子。

接下来的事情就简单多了。老师开始讲话。家长会都这样，主要是老师讲

话，讲车轱辘话。茂祥很认真地听着，怕漏掉了哪一句，对不住孩子，也对不住会务费呀。

老师终于讲完了话，又让家长们观看学生作业，并在笔记本上留下名字。

茂祥这回傻眼了，真的傻眼了。因为他不知道杨多多父亲的名字！他后悔怎么没问问那孩子！那就只好蒙世了。茂祥掂起笔杆，十分潦草地写下了"杨茂祥"三个歪字。

茂祥写字的时候，感觉后背有人盯他。他知道，那是老师的眼睛。老师的眼睛，是一双很深刻的眼睛，任何人的小动作，都逃不过老师的眼睛。

走出校门，杨多多已经坐在三轮上等他了。

杨多多只问了一句：老师表扬谁了？

茂祥不咸不淡地说：反正没表扬你！

杨多多说：我就知道，老师不会表扬我！

茂祥说：我要是你的老师，我就表扬你！

杨多多听见这话，笑了起来：好，你让我高兴，我给你二十块钱，十块钱会务费，两块钱车费，八块钱小费！

茂祥也笑了，把三轮蹬得飞快。

到了地方，杨多多果然给了茂祥二十块钱。

以后，杨多多在马路上拦三轮，又坐了几回茂祥的车。茂祥很想问问他，啥时候再开家长会，但没好意思问。挣小孩子的钱，总觉得像做贼般心虚。有时候，茂祥也想听那孩子说说他爹娘。可是，那孩子不说，什么都不说。城里的人，隐私多，秧子多，不打听也好，别惹上一身臊。

终于有一天，杨多多的妈妈出现了。这是一个粉面朱唇的女人，也是一个养尊处优的女人。茂祥一眼就看出来了。

女人对茂祥说：老师给我打过电话了，说是有人冒充杨多多的父亲开家长会。我呢，也就不怪罪你了。怪罪你，有啥用呢？你是个蹬三轮的！说真的，我还以为是那个老东西回来了呢。我根本就没想到，孩子会租个爸爸去开家长会！

茂祥被那女人数落得浑身发烫，不知该怎样做出解释。茂祥从兜里掏出一把零钱说：我退赔……

女人笑了起来：你以为我在乎钱吗？

女人又说：多多这孩子，可怜哪，从小就缺乏父爱。这样吧，既然你冒充过多多的爸爸，好事就做到底吧。我是说，从今天起，我租赁你，让你给多多当个专职爸爸。当然，我说的专职，是加引号的，你可别往歪里想啊！

女人说着，递给茂祥一个电话号码。女人鼓着眼球说：你考虑考虑，可随时打电话给我！

女人走后，茂祥愣成了一截烧焦的木炭。

茂祥想到了留在乡下的老婆孩子。

也许，这是个陷阱。茂祥捏着那个电话号码想。

茂祥就一直没给女人打电话。

几个月后，茂祥百无聊赖，突然想起了那个女人和孩子。说真的，他很想知道杨多多现在怎么样了。杨多多是个小人精呢，一看就知道。茂祥在乡下做过小学教师，别说当租赁爸爸了，就是给孩子做家教，也是可以胜任的。

茂祥走到公话亭，拨了女人留下来的电话号码。可话筒里的提示音却说："您拨打的电话已经停机。"

汶川，我去过那个地方

从成都去九寨沟，途经汶川县城。1996年6月，我去九寨沟观光，返程的路上，在汶川县城住了一夜。记得汶川是个山清水秀的地方，一条岷江从她的脚下流淌，令人为之赞美。

十二年后的汶川，却经历了一场8.0级大地震，锦绣江山，顿失颜色，万千家园，支离破碎。2008年5月12日14时28分，历史记住了这一刻。

以汶川为震中，全国十几个省市，都有震感。亿万人民同时感受到了这场空前的大灾难。

我盯着电视屏幕，耳畔回响着播音员低沉的语调。通信中断，交通中断，汶川与我们失去了联系。我的心焦虑着，预感这场大地震引发的灾难，超过了1976年的唐山大地震。因为，我去过汶川，知道那里山路崎岖，抢险或救援极其艰难。但是，我更相信党中央和中央人民政府。终于，我获知了温家宝总理在第一时间内赶赴灾区的消息。地震的当天上午，温总理还在河南考察工作，当天下午便飞抵了四川灾区。

在党中央、国务院的亲切关怀、直接指挥下，十三万救援大军向灾区挺进，利用水、陆、空各种通道，跋山涉水，乃至空降，兵分数路，一寸寸接近汶川，接近重灾区。一个个生命获救了，一个个感人的故事发生了，而最打动我的是那些震区的孩子们。一个幼儿园的小女孩，双腿被砖石卡住，下半身沾满鲜血，可她却对救援队员们说："叔叔，我不怕，你们不要担心！"就在大家焦急万分时，这孩子却唱起了歌。一个女孩子被抬上救护车时，用微弱的声音说："叔叔，谢谢你们救我……我看不见你，但可以让我摸摸你的脸吗？"一个村庄的孩子们，聚集在路边，用废纸写下了"感谢解放军"几个大字，表达着纯真和感恩的心情……

这就是汶川的孩子。

我密切关注着汶川，关注着以汶川为震中的四川灾区。所有的消息，来自于目所能及的媒体。电视台二十四小时滚动播放着震区新闻，发布着抗震救灾的最新资讯。报纸则没有了往日的彩版，以黑体字、黑边框衬托着悲壮的气氛。新华社每天都在公布最新的伤亡、失踪人数：

5月12日22时，确认遇难7651人；

…………

5月16日14时，确认遇难22069人，受伤168669人；

…………

5月22日10时，确认遇难51151人，受伤288431人；

…………

5月26日12时，确认遇难65080人，受伤360058人，失踪23150人；

…………

5月30日12时，确认遇难68858人，受伤366586人，失踪18618人；

…………

6月11日12时，确认遇难69146人，受伤374131人，失踪17516人；

…………

6月14日12时，确认遇难69170人，受伤374159人，失踪17428人；

…………

  国之殇，恸未央。5月19日这天，国旗半垂，华夏同悲。为了悼念在汶川大地震中遇难的同胞，亿万人民含泪默哀三分钟。这一刻，时间仿佛静止了，汽车、火车、舰船鸣笛，防空警报鸣响！5月19日至21日为全国哀悼日，下半旗致哀三天，停止公共娱乐活动，奥运圣火的传递暂停三天，举世齐哀。

  为了汶川，为了逝去的同胞！

  我不知道死伤人员的备忘录会延续到哪一天，不知道最终有多少同胞去了天堂或正在忍受伤痛的煎熬。也许，这些数字已经不那么重要了。重要的是，我们该如何帮助灾区人民走出阴影，重建家园，勇敢地面对未来。胡锦涛总书记亲临灾区指挥抗震救灾、慰问受灾群众；温家宝总理两次飞临灾区，呕心沥血。大灾面前有大爱，全国人民万众一心，奉献爱心。从地震发生至第九天，全国各地人民迅速捐款物超过了一百六十亿元。这是新中国成立以来，捐款捐物首次突破百亿元，史无前例！灾区人民是坚强的，地震可以摧垮家园，但摧不垮精神，摧不垮未来。最受感动的是温家宝总理第二次亲临灾区，在北川中学临时课堂里写下了四个大字：多难兴邦！

  诚然，8.0级地震的破坏力是巨大的。天府之国若要恢复从前的富饶与美丽，绝非弹指一挥间。不过，我相信，震区人民有这个能力。四川是个人杰地

灵的省份，四川更有生生不息的一代代"棒棒军"。四川人民以吃苦耐劳和聪明勇敢而闻名天下。四川有全国二十多个省市自治区的亿万人民为坚强后盾，中华民族是个万众一心的大家庭，"一方有难，八方支援"，这是我们战胜天灾人祸的精神法宝。

遥望汶川，情系灾区。那座震中的县城汶川，因我曾经住过一夜，而倍感忧思与牵挂。由于记忆的淡漠，我已经说不清当年下榻的宾馆位置，也说不清街道的模样和山川河流的走向。不过，汶川质朴的民风和老乡的笑容，却印在脑海中，形成了永恒的风景。在大地震过去一个月之余，谨写此文，遥寄深情。

|哥哥的名字|

哥哥摔死了。不知怎么搞的，哥哥从高楼部摔了下来，摔成了血糊糊的肉饼。

老板派人去了乡下，接走了哥哥的弟弟。对，就是宝应。哥哥宝丰摔死了，老板要弟弟宝应顶上哥哥的名字，其余的事情由老板来办，老板能用金钱把所有的事情摆平。

宝应就来到了施工队，顶上了哥哥宝丰的名字。

宝应就成了宝丰。

老板说："如果有人问你，你就说你是宝丰。记住，你现在就是宝丰。"

老板又说："这很正常。古有花木兰替父去从军，冒名顶替的事儿多了。这叫什么？这叫前仆后继，革命自有后来人。战争年代，这样的情况多了。当哥哥的壮烈牺牲了，当弟弟的就会步行几百里地，找到部队，接过哥哥手中的钢枪，用哥哥的名字继续战斗。"

这样，宝应就名正言顺成了宝丰。

成了宝丰以后，就要像宝丰那样拼命地干活儿，老板最喜欢的就是吃苦耐劳的人。弟弟一点儿也不比哥哥差，什么活儿都能拿得起，放得下。关键是，弟弟有哥哥一样的面孔，一样的笑容，一招一式都是哥哥的样子。

只有夜深人静的时候，宝应才会想起自己是谁。想也没用，既然顶了哥哥的名字，就要像哥哥那样，让老板喜欢。老板喜欢了，自己就能多挣钱，挣了钱，娶个媳妇，过小日子。

宝应压根就没有想到——嫂子来了。嫂子一来到就说："宝丰没有死哩，我们一起过日子吧。"

宝应吓了一跳。别人不知道怎么回事，嫂子还能不知道吗？

嫂子又说："你不要紧张。宝丰比我大两岁，可是他已经死了；你和我同岁，我们正好做夫妻。这有什么？都是一家人，都是亲兄弟。你就要了我吧。"

宝应的脸憋得通红，眼珠子都要冒出来了。

嫂子让宝应考虑考虑，又叮嘱说："这事儿没必要让外人知道，反正又不办婚礼，反正宝丰还活着。"

宝应的脑袋就肿得很大很大。宝应拿了面小镜子，打量自己。从相貌上说，自己真的像死去的哥哥宝丰，音容笑貌，个头身板，哪方面都很像。宝应一遍遍问自己："我真的是宝丰吗？"

望着宝应那恍惚的样子，工友们都笑。有的说他交了桃花运，有的说肥水不流外人田。老板也说宝应："你犹豫什么？上哪儿找这样的好事？现在，你就是宝丰嘛！媳妇都找上门了，你还想啥呢？"

宝应不说话。宝应心里知道，自己是宝应不是宝丰。

嫂子又来了，扯着侄子小军来的。嫂子指着宝应，对小军说："那是你爸爸宝丰！你不是要爸爸吗？"嫂子又对宝应说："这孩子从小就可怜，自打生下来，还没见过爸爸呢。我告诉他，爸爸一直在外面打工呢！"

小军奔过来，抱着宝应的大腿，喊道："宝丰爸爸，宝丰爸爸！"

宝应将自己的脸扭到了一边。他真的想告诉小军，我不是你爸爸宝丰，我是你叔叔宝应！

老板在一边嘿嘿地发笑。

宝应却一声不响地上了高楼部。对，就是哥哥宝丰摔下去的那个地方。工程还没完，还需要许多人继续干下去。

这一天出奇地热，高温四十度。

宝应攀上了高楼部，像工友们那样，手忙脚乱。三个小时过去了，他不知道什么是热，什么是累，只是闷声不响地像毛驴一样干活儿。

谁都没在意。宝应会在一瞬间栽下去，从高楼部摔到了地面，像一摊血糊糊的肉泥。

嫂子疯了似的抱起宝应，拼命呼喊："宝丰！宝丰！我的宝丰！"

小军也扯着宝应那破烂的衣襟，哭着高叫："爸爸，宝丰爸爸！"

…………

安葬了宝应之后，老板叫过来宝应的嫂子，冷冷地问："他还有弟弟吗？"

宝应的嫂子点了点头。

老板嘘了口气，扭过头，吩咐人去了乡下。

聋子放炮

聋子会放炮。谁家有什么红白喜事，或者逢年过节，总要请聋子放炮。也是嘛，聋子的耳朵就是个摆设，不让他放让谁放？每当需要放炮的时候，大人们怕自家的孩子炸坏了手和脸，就请聋子来放炮。

当然，无论什么炮到了聋子手里，都会炸响，崩出一大片落红！

靠一手放炮的绝技，聋子不但养活了自己，而且娶妻生子，养大了自己的三个孩子。

刚开始，有人不相信聋子有这个本事。哪有那么多的红白喜事要办？哪有那么多的节日要举行庆典？掐指一算，可不是嘛，娶亲定下的好日子不说，白事也是天天死人的呀。再说了，现在的节日也多，只怕天天都有节过。哪一茬事儿，能少得了聋子呢？

人们不说了，眼瞅着钞票进了聋子的腰包，也没人和他争了。老天爷还饿不死瞎家雀呢。都不容易，活着混，死了算吧。

聋子的三个孩子长大成人了。

三个孩子都有了工作。做的事，也风光。都在办公室里打电脑，风吹不着，雨淋不着，按月拿工资，一点儿也不让聋子费心。

聋子还在给人放炮。天天放炮谈不上，反正来找他的人不断。为了揽生意，聋子配上了手机，调到震动上，打进来的电话，他都知道。他让老婆把电话的内容写到纸上，再拿给他看。他认字，也知道是什么意思。后来，人们就直接发短信找他了，约好时间和地点，请他过去放炮。

原来，聋子是半道上变聋的。上小学四年级的时候，发高烧打针，把耳朵打坏了。打坏了耳朵，啥都听不见了，只能当聋子了。聋子并不认命，倚仗小

学四年级的文化底子，愣是把人生的许多事情弄得明明白白。

三个孩子都知道这些。这也是三个孩子立志成才的动力。爹是这样，爹的孩子们只能比爹强！

有一天，三个孩子坐在一起商量，怎么给爹治治耳朵呢？让爹听见世界上的声音，好好享几天清福！

三个孩子走北京，去上海，拉着聋子，到处瞧医生。

聋子的耳朵能治。天大的喜讯把全家人都乐坏了。

也不知医生是怎么摆治的，给聋子安装了一个助听器。瞬间，聋子什么都听见了！只是，世界上的声音太嘈杂！

聋子治好了耳朵，还是忍不住朝外面跑，到处给人放炮。当然，他给人放炮的时候，不戴什么劳什子助听器。人们都不知道这个，不知道他依靠助听器能听见声音，以为他还是早先的聋子，请他放炮，点给他一些钞票。

每当傍晚的时候，聋子回到家，戴上助听器，听音机里咿咿呀呀地唱戏。有时候，他还摇头晃脑呢，打着拍子，沉浸在戏里。

知夫莫过妻。只有老婆理解他，疼他。老婆对三个孩子说，就让你爹当个聋子吧！在外面跑，听不见声音，他难受！

三个孩子都不吭声。娘说得有几分道理。可是，他们不甘心让爹做聋子，一直做到以聋子的名义去世。孩子们想了许多办法，都捂不暖爹的心。

后来，他们索性不管了。他们能做的，就是把家里的电器都换掉，换成时尚的款式。这样才不亏待辛苦了一辈子的爹娘。娘最喜欢那台超薄大彩电，一开机就像生活在画卷里。看电视的时候，娘乐得合不拢嘴。

爹却皱着眉头，捧着收音机，进了卧室。

三个孩子相视一笑。

须臾，爹就出来了。爹戴着助听器说："你们不让我当聋子，我还能干什么？"

十聋九哑。爹说出这番话来，似乎费了很大的劲。

爹又说："我就当聋子了，好不好？人们都认我这个聋子！"说完，爹就摘掉了助听器，扔到了茶几上。

三个孩子面面相觑。他们不知道怎样对付爹。

第二天，聋子又像往常那样，上街去了，给人放炮。

许多人都等着他呢。

这一家办喜事，迎娶新娘。放炮的时候，聋子显得特别开心，脸色通红通红的，红得像天边的晚霞。

雄 鸡 图

耀祖光宗，莫过于衣锦还乡了。每次，秋生从省城回家，都要开着宝马香车，从村里穿街而过。秋生总会带些名人字画回来，分给乡亲们，这些字画，挂到谁家的墙上，都熠熠生辉。

年底，秋生又准备回家。恰好，老家有辆卡车过来。他招呼着，把一幅雄鸡图装到了车上。幸好这辆卡车顺路，不然的话，真是不便运回去。因为这幅画太大，有一面墙那么大。

没想到，雄鸡图运回了老家，哥哥春生却不让挂。

秋生问，哥，咋不挂上哩？挂客厅迎面的墙上，不好吗？

春生摇着头说，不好。

秋生探下身子问，怎么不好？

春生扬着脸说，我说不好，就是不好！你想想，鸡是什么命？扒字命！从土里刨食吃，有什么好？

秋生笑了，我可没想那么多，只是想图个吉利。大鸡（吉）大利嘛。又说，哥，您看，这只雄鸡，羽毛多漂亮，于百花丛中一唱天下，有什么不好呢？有句话，秋生没说。雄鸡图是请省会的一位著名画家画的，给别人画，要三万元；给秋生，只收了三千。

春生仍说，别挂了，我看着闹心。

秋生吁口气说，哥，我看您还是迷信。

春生说，不是我迷信，你弄个鸡子回来，就大吉大利了？我再说一遍，鸡是扒字命！从土里刨食吃，不好！

秋生什么都不说了。说什么好呢？长兄如父。哥不让挂，就先不挂吧。他知道乡下人的观念。有一次，几个乡亲到省城来找他，临近中午，秋生热情地说，咱去喝烩面吧？没想到，乡亲们全都撇了嘴。烩面？乡下就有，上省城来，就让俺喝碗烩面？乡亲们哪里知道，许多大领导和大明星，都爱喝这里的老字号烩面。当然，喝烩面之前，还有些美味佳肴。不过，乡亲们提出了异议，秋生只有招待他们吃大鱼大肉了。

有些事情，秋生是无奈的。说到字画，如果自己弄个"金猪图"回来呢？还不让哥骂死？哥是不会管什么金猪银猪的，更不会管什么猪坚强猪刚强猪超强之类。乡下人对猪没什么好印象，猪只会傻吃闷睡，又懒又笨，根本就不知道世界上有的地方很崇拜猪。当然，自己也不会弄"猪"回来的，要弄就弄个"猛虎下山"挂到中厅，做中堂，那才叫气派。

这事儿就暂时不说了。吃过午饭，秋生上街溜达。这次回家，他已感觉出了异样。人们神色晦涩，似乎对他回避着什么。

村主任国盛打着饱嗝，从一条背街拐了出来。

都是从小玩大的朋友，秋生热情地同国盛打着招呼。吃过了？吃过了。还好吧？还好啊。都是车轱辘话。有时候，人与人见面，需要说这种车轱辘话。

是回来挂雄鸡图的吧？国盛问。

俺哥不让挂，说鸡是扒字命。秋生如实说。

那就挂村委会吧。国盛说。

放心，该多少钱，我给你多少钱。国盛又说。

什么钱不钱的，我给村委会作贡献了。秋生笑道。也许，挂村委会是最好的办法了。秋生心说。你得请我喝酒啊。秋生对国盛说。

呵呵呵。国盛笑了起来。

呵呵呵。秋生也笑了起来。

这些年，村里有许多人家，都有你拿来的字画。咱村，就数你在外面混得铁了，混得光鲜。国盛说。

秋生笑而不答。

晚上，国盛做东，请秋生喝酒。秋生把春生也拉来了。他知道，这种场面，哥是很少有机会参加的。

国盛又喊了几个人。有一位，秋生不认识。经国盛介绍，是位做房地产生意的老板。

大家互相敬酒，气氛热烈，都喝得不少。只有春生不胜酒力，几杯酒下肚，就有些醉了。

席间，不知是有意还是无意，村主任国盛说起了赵家的雄鸡图，说是秋生辛辛苦苦花重金弄回来了，春生却不让挂。现在，只有收归村委会了，挂到村委会的墙上，来个蓬荜生辉。

那位做房地产生意的老板问，什么雄鸡图？春生为什么不买账？又说，转让给我吧，挂到我公司的墙上！

国盛笑道，也好，你就是从土里刨食吃的主儿嘛。

老板掏出一沓钱说，这是五千块，够吧？

国盛扭头看看秋生。

秋生面红耳赤，小声说，我只要三千。

国盛笑了，剩这两千，归村委会了。说着，数出来三千，塞给了秋生。

酒宴很晚才结束。秋生搀着春生，回了家。他悄悄地把三千块钱，塞进了哥哥的衣兜里。

假 故 事

他是个故事大王。他讲得有鼻子有眼，让人信以为真。他讲的故事，往往是个片段，或者仅是道听途说，但人们觉得有趣有味有劲。于是，人们口耳相传，以一传十，以十传百。

他讲的故事到处传播。

每当有人来问他真假时，他总是笑眯眯地说，有一个人说街上有老虎，没人相信；有两个人说街上有老虎，没人相信；有三个人说街上有老虎了，人们都相信了。说到这里，他调皮地眨了眨眼睛。

哦，故事就是现实生活中的影子啊。来人若有所悟地走了。

人们都说他讲的有道理。人们就更加信赖他了，坐到他身边，听他讲述那些千奇百怪的故事。

当然了，他不是乱讲，有些话，他就不讲。比如，某科学家说，天上的某颗星星将撞击地球，地球将在某年某月某日某时某分某秒爆炸。他就不讲这些八卦故事。因为，他自己就不相信这件事会发生。再者说，即便地球爆炸了，要死大家一块儿死，讲什么讲？

他只讲那些让人相信的故事。他讲的故事甚至成为经典，人们耳熟能详。最经典的是《五云山传奇》。在五云山深处，曾经暗藏一窝土匪。匪首是个女的，左右手都会使枪，号称双枪女匪。其实，这完全是他虚构的故事，连"五云山"的地名，也是他虚构的。巧的是，附近有个云山镇，而且还有几座无名山。有人就根据他讲的故事瞎编，弄出了一部电视连续剧。随着电视剧的热播，"五云山"这个虚构的地名竟名扬天下了。山间的峡谷，挂出了"五云山大峡谷"的招牌；镇里的卷烟厂，生产出了"五云山牌"香烟；镇里的酒厂，更名为"五云山"酒厂……一夜之间，"五云山饭店"、"五云山茶馆"、"五云山宾馆"等餐饮系列全冒了出来。

这就是他的功绩。都知道他讲故事的缘由，都把头等功劳记到了他的头上。许多人都希望他隆重出场，把本地的风土人情和旅游景观好好编一编，为招商引资作些贡献。

他笑笑说，还用我编吗？你们也不是不知道，某地为了招商引资，打算拍个"领导冒雨视察"的视频。结果呢，天没下雨，只好把消防车喊来了，让消防队员"人工降雨"。真是笑死人了。报纸上都登了，全国人民纷纷抨击。社会上什么荒诞的事儿都可能会发生，让我编我还编不出来呢。

人们掩口而笑，都知道这条烂透了的社会新闻。

他又对人们说，如果有人说什么稀罕事，千万不要相信。什么198元能买到纯金项链呀，268元能买块瑞士手表呀，第一个打进去电话的人享受什么优惠呀……统统是瞎胡扯。从北京到南京，买家没有卖家精！有人买，有人卖，还有傻子在等待！

人们哄堂大笑。

有人问：您讲的那些故事，我们明知道是您胡编的，可我们偏偏相信，这是怎么回事？

他笑道：这个嘛，关键是听众的心理需要。你们需要听我讲故事，因为，我讲的故事，能让你们解恨消气！就这么简单。《西游记》的故事，你们听过多少遍了，为什么百听不厌？因为你们喜欢孙悟空，讨厌唐僧，痛恨妖怪，是不是？还有《铡美案》的故事、《东郭先生》的故事、《农夫和蛇》的故事……老百姓的心地是善良的，是疾恶如仇的，我说得对吧？

人们都点头称是。

人们都围住了他，非要他讲几个过瘾的故事。

于是，他打开了话匣子，滔滔不绝地讲了起来。人们有滋有味地听着。尽管有些故事过去听过了，也不觉得老生常谈。

可是，有一位中学历史老师却找他来了。这位老师说，学生中流传着一些历史故事，弄得老师没法上课了。因此，老师请他不要乱讲，不要篡改历史。

他笑笑说，我讲的只是个故事呀。

老师说，我知道，故事都是虚构的，请你不要虚构了。

他装作恍然大悟的样子说，哦，我明白了，我以假乱真了。

老师说，你明白了就好。关键是这个"真"字，学生们都认为你讲的是真的。

他双手一摊说，这没办法。你可以告诉学生们，不要听我讲故事。但是，你的学生总是要长大的，总是要做人的，总是要走入社会的。

老师生气地说，你说吧，你究竟要我怎么做？

他笑道，我要您怎么做？这我可真没想过。您想听我讲故事吗？您可以坐下来听。

老师将信将疑，坐了下来。也罢，听他怎么讲，然后，逐条驳斥他。

他开始给老师讲故事。奇怪的是，老师坐下来后，就不想走了。老师被他讲述的故事深深吸引了。就这样，他一开口，就把老师彻底焊住了。

|留胡子的村庄|

这个村庄的男人，都喜欢留大胡子。或者说，大胡子是这个村庄的骄傲，男人脸上的大胡子，像旗帜一样高高飘扬。

每天早晨，男人们从各家各户走出来，打几声喷嚏，开始忙着各自的活计。这时候，你会看到各种各样的胡子，络腮胡、八字胡、山羊胡、长胡、短胡……异彩纷呈。各类胡子彰显着不同的个性，有的热情豪迈，有的深沉凝重，有的睿智灵动、有的清朗风趣。这些大胡子有一个共同的特点，它是自尊和美德的象征。

当然，也有人不以为然。总有那么一小撮人，拒绝留胡子，理由是不必整齐划一。这一小撮人，可能是不要脸了，我行我素，油光粉面地在村里晃荡。

留胡子的人决定对这一小撮人展开教育。村里的男人留大胡子，是惯例，也是光荣的历史。如果有谁不留大胡子，那么他在众人面前就不该抬起头来。留胡子的人用俄罗斯人做例证。自古以来，那些闻名遐迩的俄罗斯文学大师，哪一个不是留着大胡子呢？这些大师的胡子，与其深邃的目光交相辉映，透视着他人无法企及的精神高度。要知道，这绝不是一种自然的巧合。

留胡子的男人还讲述了美髯公关羽的故事，用以做辅助说明。古今中外的事例都有了，那些不留胡子的一小撮人，应该感到脸红。

不留胡子的人却说，在俄罗斯的历史上，也不是每个人都留胡子，彼得大帝曾经下令让大臣们剪胡子，他认为，胡子是落后的象征，他甚至颁布了剪胡子的法令。倘若有人要留胡子，那就必须缴纳胡须税，税额高达三十到一百个卢布。

留胡子的人笑道，你们不要忘记了，大胡子带给俄罗斯的是荣耀与光辉，带给世界的是思考和启迪。俄罗斯的胡子，蕴藏着无穷的奥秘，有自豪和浪漫，有高贵和儒雅，有思想和智慧，有威武和不屈，有尊严和道德……

不留胡子的人反驳说，所以，你们就向俄罗斯人学习了，学习他们留大胡子了？

留胡子的人没想到反对派会这么说。

反对派继续说，也许，你们是向搞行为艺术的人学习吧？某些搞艺术的人，不是也留着大胡子吗？有的男人还扎小辫呢。说到这里，反对派哈哈大笑。

留胡子的人严肃地说，你们笑什么？到底是我们批评你们，还是你们批评我们？

反对派停止了笑声，也严肃地说，真理往往掌握在少数人手里！

留胡子的人纵声大笑，真是荒唐！难道历史车轮是你们推动的吗？

反对派挥挥手说，你们不是妖怪，我们也不是妖怪，大家都不是妖怪！

这是猪八戒说的。你们走你们的阳关道吧，我们走我们的独木桥，井水不犯河水，怎么样？

说完这番话，反对派大步流星地走了。

留胡子的人，站在原地，开始了深度思考。怎样继续帮助这几个不留胡子的反对派呢？他们想破了脑袋，也没想出来好办法。总不能让所有的理发店关门歇业吧？即便如此，人家也会自己刮脸，把脸蛋儿刮得像青皮蛋一样光鲜。

有人出主意说，关键是给反对派洗脑，让他们认识到不该不留胡子。这个出主意的人提议，给每个留胡子的男人弄个大烟斗叼在嘴上。

诸位大胡子得意地把烟斗叼在了嘴上。烟斗一叼，就出来"范儿"或"派儿"。每天，这些留胡子的人，叼着烟斗，像贵宾一样，在村里来回乱窜。他们故意在未成年的男孩子堆儿晃脸，营造一种感染人的氛围。

男孩子们露出了好奇的目光。没过多久，每个男孩子的嘴上，都叼上了烟斗。包括一小撮反对派的男孩子。

有些事，是需要从娃娃抓起的。

想不到的是，事情却在向相反的方向发展。叼烟斗的男孩子，渐渐少了起来。

一小撮人的脸上，露出了胜利者的微笑。

许多年后，人们提起了往事。都记得，当年，少数几个人去过俄罗斯。从俄罗斯回来后，这几个人留起了胡子。

人们还说，好在现在有留胡子的样本，可以随时研究他们。

慢 火 车

我蹬上了一列开往西部的慢火车。我喜欢一个人坐车旅行。当然，车速越慢越好，到达目的地的时间越久越好。我就那样摇啊摇、晃啊晃，欣赏着车窗外的风景。

是的，车上最好有卧铺、茶炉里最好有热水，卫生间最好比较清洁。

这一切都如我愿。

不知为什么，我偏偏喜欢坐火车，而且是慢火车。我最讨厌高速列车了，时速350公里，与在天上飞差不多。能看见什么？而慢火车就不同了，沿途所有的风景都不会错过，还可以在车上听音乐、看书报、聊天、打扑克牌……漫长的时间不知不觉就过去了。其实，是在享受岁月的奢华呢。人生啊，终极目标是墓地，我们每天都在向死亡走去，为什么不能走得慢一点呢？

慢火车见站就停，真好。慢火车停在小站上，给所有的高速列车、快速列车让路，真好。

可是，13号下铺的乘客却受不了慢火车这种慢腾腾的速度。他已经坐了3天慢火车。天知道，他怎么上的慢火车。他的腰包鼓鼓的，说起话来气冲牛斗。他似乎疯了，不断地用脑袋撞击着车厢，大叫："我要跳车！我要跳车！"

列车员吼道："叫什么叫？一会儿，车停了就让你下！"又说，"难道，你不知道乘坐的是慢火车吗？"

列车员的态度也很烦躁。我理解列车员。整日在火车上待着，火车在铁轨上跑着，如同生活在空中。

13下瞪着眼睛，目光发散。他不再吵了，也不再闹了。内心却在煎熬着，

忍耐着。

我轻轻地吹着口哨,神态自若地欣赏着不断向后移动的风景。我并不在意终点站在哪里,我只在意它是一列慢火车。这就够了。我企望远方的戈壁,企望远方的冰川,企望远方的田野,企望远方的天空。我相信远方的一切都是神奇的,命运的天使正在向我召唤。

到了前方的小站,13下并没有下车。他已倒在卧铺上睡着了。列车员没有叫他。

慢火车还在悠然地远行。

又一拨儿人上来了,操着粗犷的西部口音。这口音让我沉醉。我看见了真实的西部人。这些西部人一上车就开始喝酒,手里抓着牛肉或羊肉,并大声交谈。他们的口音,我似懂非懂,但可以从他们的神态上,看出别样的兴奋。

不知什么时候,13下爬起来了,坐到了我的对面。仿佛,他已经忘记了自己闹过跳车。我盯着他问:"睡得好吧。梦见了神马?神马都是浮云。"

"神马都是浮云。"他的目光有了精神。

"真是这样。你有什么想不开的?"我故意问。

"这列火车开到哪里去呢?"他所答非所问。

"我也不知道。反正,想下车,随时可以下车;然后,再跳上后面开过来的火车。当然,也是慢火车,继续前行。"我若无其事地说。

"就这么随意?"13下有些不信。

"信不信由你。你不是想跳车吗?怎么没跳?到了刚才那个小站,你却在睡觉!"

"有你这样的大哥坐在车上,我为什么要跳下去?"

真会狡辩。我心里笑笑。13下把我当成了什么?当成了命运之神?

慢火车继续向前开着。现在,它喘起了粗气。我知道,它钻进了山里,正在山道上爬行。我爬到了上铺,开始睡觉。

慢火车叮叮咣咣地开着,有如一支美妙的催眠曲。我的旅行是一周?还是更久?我在心里盘算着,要不要天亮的时候下车看看,进行必要的休整。

什么时候睡去的，我全然不知。

天亮后，慢火车停在了一个开满黄花的小站。我背着行李，下了车。

举目四周，我对西部的美发出了赞叹。也许，我会在这个不知名的小站住下。停留两日。

想不到的是，13下也跟着我下了车。

"大哥走到哪儿，我就跟到哪儿！" 13下嬉笑着说。

我什么也没说，向慢火车挥了挥手，看着它消失在前方。

我和13下去山上采了些野花，将花瓣装进了行囊。

我们决定继续前行。下午，将有一列慢火车途经这个小站。

回到小站，我们去窗口签了字，等待下一列慢火车的到来。

寄错情书

一个有雪的冬天，他爱上了同校的一个女孩儿。虽然，只是单相思，但他要让她知道，他爱她。虽然，他还不知道她的名字，却很想写封信给她，表达自己的爱意。其实，这也没什么，大学生嘛，总要谈恋爱的。

于是，在一个夜深人静的夜晚，他写了封信给她，向她做了表白。信中他写道："怎么称呼您，才能表达我的真情呢？您似乎离我太遥远了，即使见面，您也不会在意我的内心感受。也许，您的心中，永远不会有我的位置。即便如此，我也深深地爱着您，我也不责怪您。真的，我的生活中不能没有您！我只有一个小小的请求，本周末晚上八点，让我见到您好吗？我日夜思念的人！"落款是最亲近的人，于星期一深夜。

写完这封信,他意犹未尽。心情很好,他顺便给母亲写了一封家信。除了报个平安,还能写什么呢?

第二天早上,他找了信封,贴了邮票,将两封信寄了出去。

聪明的读者,已经猜到了,他装错了信封,张冠李戴了。他真是被一厢情愿冲昏了头脑,做了一件傻事!周末的下午,他正在图书馆看书,一个同学跑来喊他,说他母亲来了。

"不可能啊,我没有让母亲来啊。"他对同学说。家里的境况他是知道的,母亲来一趟要花好多钱,这也是他从不让父母来学校的原因。

"真的是你母亲来了,你赶快回寝室吧。"同学说。

回到寝室,他看见母亲正坐在他的床头。他不知该对母亲说什么好,只得硬着头皮喊了一声"娘!"

母亲听到他的喊声,慈祥地笑了:"儿子,接到你的来信,我就赶来了。"

母亲见他发愣,又说:"今天不是周末吗?你在信上说,周末的晚上要见到我。我这不是来了吗?"母亲从内衣口袋里掏出了一封信,晃了一下,又收了回去。

他这才明白,自己犯了大错,把该给女同学的信,寄给了母亲;把该给母亲的信,寄给了女同学。

他支吾其词,羞愧难当。

"娘来看你了,还不好意思呢!儿子,你不知道,你能考上大学,家里人都为你骄傲!"母亲笑吟吟地说。

"娘!"他怎么能拒绝母亲的微笑呢?他带着娘走出了寝室,请娘参观校园,尤其是那几排参天的白杨树。每次,他走到树荫下,心灵都会得到净化,感到自己正在茁壮成长。他已经把那位心爱的女同学彻底忘掉了,娘来了,这比什么都重要。即便,他想起那位女同学也没用,人家根本就没接到约会的邀请。

晚上,他又陪着娘参观了城市的夜景。他告诉娘,毕业后,留在城里发展了,不再回老家去了。

娘幸福地笑了,鼓励他好好学习,将来做一番大事。

第二天早上,娘就搭乘班车回去了。

他没想到,一个月色皎洁的晚上,那个心爱的女同学,主动约了他。女同学拿出一封信说:"写给你娘的吧?"

他的脸一下子红到了脖子,伸手就去拿她手里那封信。

女同学收回了手,笑道:"本想早点还给你的,可我看见你娘来了,知道这封信已是过眼烟云了。你看这样好不好,我替你收藏这封信吧?"

他激动得拉住了女同学的手。真的,他再傻,也明白女同学的意思呀。

他们成了好朋友。对,他是她的男朋友,她是他的女朋友。

毕业后,他们成了夫妻。对,他是她的夫,她是他的妻。

婚后,妻子提起了他寄错情书的事,希望他不要再犯同类的低级错误。

他傻傻地笑道:"哪能呢,我怎么会做对不起你的事情?"

妻子眨眨眼说:"我就是看上了你这个人老实。你很孝顺,写信时没往家里要一分钱。"

他呵呵地笑了起来。妻子也笑了。上大学的时候,许多人给父母写信,都是要钱,不要钱不写信。

奇怪的是,母亲也保留着他那封寄错的情书。有几次,他试探着想把它要回来,都被母亲微笑着婉拒了。

神 情

每逢音乐团来演出,我都要买张票去看。我喜欢乐器弹奏的天籁之声,尤其喜爱钢琴发出的优美曲调。

渐渐地，我注意到一位老太太，她也喜欢看音乐团的演出。她总是坐在前排，出神地望着台上的那些演员。当演奏钢琴的年轻演员上场时，她总是目不转睛，脸上写满了慈祥与快乐。

我知道，这位老太太和我一样，喜欢钢琴演奏的音乐。

我很想弄清楚这是为什么？可另一种声音制止了我：喜欢就是喜欢，不需要什么理由！

依我的身份和思维，总该问一个为什么。

有人告诉我，其实，老太太不过是个聋子。

听了这话，我不禁目瞪口呆。一个耳聋的老太太，这么喜欢音乐，喜欢钢琴演奏的曲调，这不是天方夜谭吗？

这真是不可思议。我越发感到狐疑了。

我注意观察着老太太。她衣着打扮入时，戴着耳环、项链和手镯，绝非普通人家。而她特有的面容，更是透着优雅的气质。我猜测，她年轻时，一定有过浪漫的情史。可是，她为什么会是一个聋子呢？

我对老太太的身世产生了浓厚的兴趣。

我做了种种假设：假设她出身高贵，相中了一位英俊的小伙子，小伙子也对她一见钟情，可她的父母却不同意这门婚事，认为不是门当户对；假设她与一位小伙子青梅竹马，可她后来患上了耳聋，小伙子的父母难以接受她；假设她是父母的掌上明珠，却爱上了自己的男仆，而男仆没有资格爱她，选择了逃避，害得她大病一场，从此丧失了听力……总之，我的虚构很通俗，毫无创意可言。这也是没办法的事，虚构她的故事，总让我捉襟见肘。但有一点可以肯定，老太太年轻时没有得到爱情，要不然，不会这副状态。

我把自己的虚构讲给朋友听。朋友听后哈哈大笑，说我编造得十分庸俗，为什么不亲自去问问老太太呢？

可是，她听不见啊。我分辩说。

你看她的表情，你看她的手势，你一定能看懂。朋友说。

我认真想了一下，朋友说得对。

这样，我来到了老太太面前。

老太太的身边还有两位老妇人。听了我的虚构，她们咯咯笑了起来。

你的虚构不成立。一位老妇人抢着对我说，老太太年轻的时候，只是个佣人，加之耳朵听不见，没有小伙子肯娶她。她老了，却怀着对人生的美好向往，喜欢人间任何美好的事物，包括喜欢音乐，喜欢钢琴。

真是这样吗？

是的，老太太听不见音乐，可是，却非常喜欢演奏钢琴的年轻演员，也许，她认为年轻演员就是她家邻居的阳光男孩。另一个老妇人补充说。

我把头扭过去，望了望那位喜欢音乐的老太太。老太太正痴迷地望着远方的天空发呆。

我蓦然想起一个词："和谐"。一定是音乐家的神情，特别是钢琴家的神情，打动了老太太的心扉。

总得为她做点什么。音乐团再次来演出的时候，我买了一张票，送到了她的府上。

可是她，摆着手，怎么都不肯接受。

她微笑着，露出了菊花的笑容。

前方有棵树

公路修到这里的时候，不得不中断了。前方有棵树，高大的树冠、粗壮的树干，挡住了去路。

本来，这不应该成为问题，勘察设计之初，就发现了这棵树，有人建议将

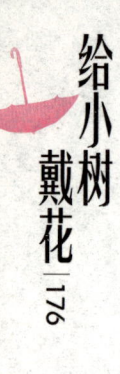

树刨掉。可是，老乡们说，就让它多活几天吧，公路修过来，再刨也不迟。这样，这棵树就留了下来，暂时没刨掉它。可公路真修过来了，老乡们又变了，说树是神树，千万刨不得！过节的时候，还要给它放鞭炮呢！

怎么办？公路总不能不修啊。

有人出主意说，只能在这里修个弯道了，给大树一个生存空间，也让它看到每天来往的车辆。

马上有人拥护说，高速公路还故意拐个弯儿呢，免得司机疲劳驾驶。

又有人附和说，是呀，留一棵大树，也是一道风景。还可以为行人提供纳凉的树荫，卖个大碗茶什么的。

于是，大树就这样被保护起来了，公路拐了个弯儿，延伸而去。人们呢，也果真把树荫当作了可以纳凉的好地方，摇着芭蕉扇，喝着大碗茶，讲着古往今来。

但好景不长。不知怎么搞的，大树的叶子渐渐枯萎了。

不久，来了一帮人，手拿显微镜和微型电脑，围着大树找原因。找来找去，他们形成了一致意见，这棵大树，病了。

病了，就打针、吃药。

很快，就来了几个工人，给大树挂上了用于注射的皮管，往树干里打针。他们还给树叶和树根喷射了杀毒的药水。

大树总算没死掉，绿枝也抽了，绿叶也长了。但它半死不活的样子，看了还是让人心焦。

于是，又来了几个人。其中一个是眼镜男。资深的眼镜男扒着树干闻了闻，果断地说，还是标本兼治吧。大树每日饱受汽车尾气污染，这是患病的根本原因。要彻底治愈它，必须将它移走，让它脱离这个恶劣的环境。

将树移走？人挪活，树挪死啊，这不是要它死嘛？乡亲们议论纷纷。

眼镜男拍拍手上的灰尘说，这个你们可以放心，我保证它不会死。现在的技术，十分成熟，挪棵树，小菜一碟。你们可以想一想，高楼大厦安上轮子可以整体搬迁，大树为什么不能？

眼镜男用手一指说，就移到那里吧。

乡亲们不可能多想，想多了也没用。说怎么办就怎么办吧，只要能看见它就行。移到外地去，水土不服了怎么办？

第二天，眼睛男指挥着几个工人，将大树五花大绑弄走了。用吊车弄的。大树好像很不愿意走，在空中打了几个旋。

好在，移的地方不算远，乡亲们可以看到。

只是，大树不可能再为乡亲们提供阴凉了，它被移到了山洼里，人们没事儿往那里跑干什么？

大树渐渐地被乡亲们忘记了。

当然，乡亲们会偶然望见它。但都说此树非彼树，换个角度看，它只是山里很普通的风景。

给一棵树照相

几个艺术家决定，要给一棵树照相。他们分别是摄影家、画家、作家。这棵树枝繁叶茂，虬龙盘踞，很让他们感动。他们已经根据这棵树，创作了自己喜爱的作品。但是，他们仍觉得不够完美。在大自然的面前，艺术家往往自叹弗如。

摄影家说，这棵树，一百多米高，因为生长在森林里，远处只能拍到它的树冠，而靠近拍摄，又没有那么大的广角镜。

画家说，可以分段拍摄，像分段画画那样，然后，使用电脑技术剪接起来。

作家说，这是一件很精致的工作，只有依靠想象，才能天衣无缝。

于是，他们开始一次次往森林里跑，对着古树展开各种测量。他们发现，

太阳太亮的时候，树干上明亮的部分和背光的部分，无法同时拍摄，因为光线不一样。那就只好等待多云的天气了。也不知用了多少天，克服了一个又一个困难，他们终于拍摄成功了，而且，剪接得十分完美。

艺术家们将这棵古树的巨幅照片，挂到了金碧辉煌的博物馆里，供人们瞻仰。许多人在古树前驻足，由衷地发出了惊叹。

但是，另有一些人对此不屑。有什么用呢？浪费了那么多精力，不过是拍了一张照片。是呀，只有傻瓜才会有的举动，为了一棵树！

傻瓜，这就是人们对艺术家的评价。

艺术家们当然知道人们会怎样议论。是的，不管这棵树的照片多么神奇，在人们的眼里是没有任何用处的。因为，它不能像房子那样供人居住，不能像面包那样让人充饥，也不能像衣物那样为人阻挡风寒。

艺术家们想了许久。后来，他们带着这张古树的照片，走进了一所又一所学校。他们让学生们观看这张照片，观察每个学生的表情。几乎所有的学生都在照片前露出了惊异之色，有的学生还在照片前摄影留念。

摄影家忙得不亦乐乎，为了学生们与一棵树的合影。画家也打开了画夹，在白纸上飞快地画着学生们的素描。作家则不露声色地思考着，在心里打着腹稿。

他们只有一个愿望，就是希望学生们的头脑骤起风暴。

当然，头脑风暴不是一时就可以形成的。

许多年过去了，人们都老了。

后来，社会上流传着一条新闻：有一群摄影家，为了拍摄一张闪电的照片，专门制作了一台一秒钟能拍摄十几万张的摄影机，机器庞大得只能装在汽车上。这群人开着汽车，在狂风暴雨中，追着雷电飞奔，拍下了雷电的照片。

这不是冒着生命危险吗？这不是疯子干的蠢事吗？人们说。

几个艺术家却露出了欣慰的表情。是的，这辈子无所求了，能为社会培养出这么一批疯子，足矣。不是吗，当年，牛顿的万有引力定律，爱因斯坦的相对论，在一些人看来，是不是也是疯狂的念头呢？

人类社会的进步，需要傻瓜和疯子来推动的。可是，每一个家长并不希望自己的孩子成为傻瓜或疯子，他们只希望自己的孩子能考上名牌大学。想到这一点，艺术家们忧心忡忡。

有什么用呢？这些艺术家！许多年过去了，一些人继续说着同样的话题。他们是说过这些话的那些人的子孙。总有一些人沉醉在庸常的生活里，以实用为快乐。

艺术家们静若止水，继续从事自己的创作，呼唤着人们那颗麻木的心。摄影家继续摄影，画家继续作画，作家继续写作。他们的作品，不时在媒体上展露出智慧之光。艺术家们有这样的共识：在这个世界上，凡是有实用价值的东西，都是有价的；凡是没有实用价值的，都是无价的。艺术创作，是民族精神的动力源，体现着一个民族的思想力，这是人类想象的宽度和极限！有了这样的体会，不是很令人自豪吗？

艺术家们已经老得迈不动腿脚了。好在有一茬茬新的艺术家们涌现出来，且生机勃勃。这些新的艺术家，总要站在那张老照片面前，思谋良久。

快乐的螺丝钉

柳晓蒙演讲的题目是《快乐的螺丝钉》。这个题目很新颖，很精彩，一下子抓住了评委。柳晓蒙这个年纪，充满了青春活力，快乐而无忧虑，演讲时特别生动，特别传神。观众们被她的演讲打动了，献出了热烈的掌声。很自然的，评委给她打出了最高分。

雷锋精神家喻户晓，感动了一代又一代人。可不知从什么时候起，人们的心，渐渐凉了，似乎忘记了雷锋做过的一切。只有到了纪念雷锋的日子，人们

才会想起来自己该做点什么。但"雷锋三月里来四月里走",只留下一行脚印。要想再见到雷锋的影子,只有等到来年的春天了。

柳晓蒙的演讲,反映了社会的心声,反映了人民的呼唤。的确,人们盼望雷锋精神常驻人间,社会上到处都有雷锋的影子。

拿到了演讲的最高奖,柳晓蒙的心情是灿烂的。走路都像在跳舞,说话都像在唱歌。好像身上装着跳动的弹簧,活力四射。

人们都夸她:"柳晓蒙,你真快乐呀!"又说,"你演讲得真好,真感人!"

柳晓蒙笑道:"这要感谢雷锋,是他为我带来了快乐!"

柳晓蒙说的没错。雷锋像她这般年纪时,也是个快乐的人,是个快乐的军人,是个快乐的小伙子。不然的话,不会做那么多好事,不会成为一颗永不生锈的螺丝钉。

有一天,柳晓蒙突然想到了几个问题:雷锋甘愿做一颗永不生锈的螺丝钉,他有没有不快乐呢?怎么做才不会生锈呢?如果生锈了,是不是意味着要在固定的岗位上锈死呢?有了这些想法,她吓了一跳。

带着问题,她开始请教身边的人了。

有人笑道:"你别钻牛角尖嘛,如果雷锋活着,他不会锈死在一个地方。人往高处走,水往低处流。"

对这样的回答,柳晓蒙很不满意。雷锋是一个高尚的人,是一个脱离了低级趣味的人,雷锋不会对不起"螺丝钉"的称号。

于是,柳晓蒙跑到领导那里,谈了自己的看法,虚心请领导指教。

领导笑道:"你啊,别想那么多。只要把本职工作做好就行了,你只要天天快乐就好!"

柳晓蒙问:"如果我是一颗螺丝钉,会不会生锈呢?如果,我锈死了,那不是太残酷了吗?"

领导又笑了:"你小小的年纪,担心什么?知道什么叫永不生锈吗?就是耐得住各种诱惑,耐得住清贫!雷锋把自己当作了一颗螺丝钉,而且,永不生锈!你演讲的题目是《快乐的螺丝钉》,这完全符合雷锋精神。既不生锈,还要快乐！你说，对吗？"

柳晓蒙似悟非悟地点了点头。

"好了，回去做一颗快乐的螺丝钉吧。当然，仅仅你一个人快乐是不够的，要让大家都跟着你快乐起来！我的意思，你懂吗？"领导语重心长地说。

柳晓蒙笑笑，回到自己的工作岗位上去了，做一颗快乐的螺丝钉去了。

可是，她渐渐地发现，周围的许多人，仿佛并不快乐，而且，都在疏远她。也只有她出现的时候，人们才做出快乐的表情，才表现出快乐。甚至，有人还背着她，说了一些难听的怪话。这是她后来才知道的，也是她想不通的。人们为什么要这样呢？她暗自猜想。

独处得久了，柳晓蒙就变成了一个郁郁寡欢的女孩子。纠结在心里的怪圈，难以自拔。

后来，她去了书店，买了许多关于雷锋的书。她还上网搜索，浏览了许多有关雷锋的词条。她这才发现，以往，自己对雷锋精神的理解，是片面的，是狭隘的。雷锋是个有血有肉的人，是个热爱生活的人，雷锋有一颗善良的心，这是他永不生锈的根本原因。柳晓蒙的视野豁然开朗了，心情豁然开朗了。

"雷锋是个凡人，他也有郁闷的时候，也有不快乐的时候。"得出了这个判断，柳晓蒙笑出了声。

"这个没心没肺的傻丫头！"有人在背后对她评头论足。

柳晓蒙却变得更快乐了，走到哪里，都要把笑声带到哪里。